光文社文庫

文庫オリジナル

# クリーピー　クリミナルズ

前川　裕（ゆたか）

光　文　社

# クリーピー クリミナルズ

# CREEPY CRIMINALS

# CONTENTS

# 洋上の告白

EXCESSIVE

急速に雲が切れ、デッキ全体が太陽の直射を浴び始めた。船は太陽を背にして、西に向かっており、明日の朝にはバハマ諸島の首都ナッソーに着くはずだった。二日前にトルトラ島のロードタウンの港を出港していたから、私たちは既に四十時間以上カリブ海に浮かんでいた。しかし、ナッソーに着けば、翌日にはマイアミに戻り、十一日間のカリブ海クルーズは終了することになる。

この数日間、天候はそれほどよくなかった。それに空の青さなら、私の住むカリフォルニアのほうが遥かに上だ。空はむしろ雲がかかっていることが多く、その色彩は黒に近い濃い緑色を帯びていた。ただ、雲が完全に切れたあと、顔を出す太陽の日差しはさすがに強烈で、とてもサングラスなしには耐えられなかった。

私と貴穂（きほ）はプール横に並べられた日光浴用の寝椅子（ビーチチェアー）の上に、仰向けに横たわっている。二人とも水着ではなく、ショートパンツにTシャツ姿だ。デッキ中央から、楽団が演奏するラテンのリズムが絶え間なく流れていた。

私たちは船の進行方向とは逆を見る格好で横たわっていたから、太陽と正面から向かい合っていた。切れ切れになった白い雲が急速に後方に退(ひ)いていくのに、太陽の位置だけが微動だにしないように思われるのが不思議だ。

腕時計を見た。もう少しで正午になろうとしている。やがて、船内放送があり、ランチの準備ができたからメイン・シーティングの客はレストランに集まるように告げた。

私たちがカリフォルニアに移り住んだのは、六年前のことである。実業家である私の伯父がニューヨークとボストン、それにサンフランシスコに近いパロ・アルトという町に寿司のチェーン店を持っており、その中のパロ・アルト店を任されたのだ。

就労ビザの取得など面倒なことは、すべて伯父が手伝ってくれた。大手商社の元部長で、五十を過ぎてから実業家に転身した伯父は、日米を股にかけて手広く事業を展開していた。だから、その種のことは熟知しており、私たちはほとんど苦労することなく、渡米の手続きを終えた。

私と貴穂は四階にあるレストランに入った。食欲はなかった。だが、私はまるでそうしなければいけない儀式のようにビールを飲み、スパゲッティーを食べた。貴穂は一応、スープと魚料理を頼んだが、やはり食欲はないようだった。

「あそこのアジア系に見える人たち――」

貴穂がスープを掬う手を止めて、不意に言った。貴穂の視線は、私たちのテーブルからかなり離れた奥のテーブル席に向けられているようだった。

すぐに分かった。S大学に客員研究員として来ている日本人学者とその妻だった。確か高倉という苗字だった。これまで客として、四、五回、店に来たことがある。いつも予約を入れた上で二人で一緒にやって来るから、記憶に残っていたのだ。それに乗船の際、確信はないものの二人の後ろ姿をちらりと見たような気がしていた。

「ああ、あの人たちか」

私は返事をするともなく、呟くように言った。夫は四十代の半ばくらいで、妻のほうは三十代の半ばというところか。二人とも知的な印象で容姿も整っていた。少しだけ話したことがあったが、感じもよかった。

しかし、ネットで調べたら、高倉の専門領域は犯罪心理学なのだ。東洛大学の教授で、犯罪心理学者としてかなり有名な人物らしい。よりにもよって、そういう人間とこんなときに出会うのは、不吉だった。

「挨拶したほうがいいのかしら」

貴穂が不安そうな小声で訊いた。私は無言で首を横に振った。

翌朝、私たちの船はナッソーの港に到着した。ここで五時間ほど停泊するはずだ。その間、乗客たちは陸におりて思い思いに過ごすことになる。

私と貴穂はダウンタウンにある市(いち)を歩いた。行商人たちはみんな流暢な英語を話すから、アメリカの外に来ているという感じがしない。街の風景もマイアミのようなアメリカ南部の港町とほとんど変わらない。

「あら、こんにちは」

不意に後ろから女の声で呼び止められた。振り向くと、高倉の妻が微笑んでいた。薄いピンクのスポーツシャツにベージュのスラックスを穿いている。その横に、白い半袖ワイシャツに紺のズボン姿の高倉が、やはり穏やかな笑顔を浮かべて立っていた。

妻のほうは康子(やすこ)という名前のはずだ。一度、二人がS大学の教授らしい白人男性を店に連れてきていて、その男が「ヤスコ」と呼びかけているのを聞いたことがあった。

「ああ、どうも」

私は湧き起こってきた緊張感を覆い隠して、できるだけ愛想よく言った。

「さっき、レストランでお二人をお見かけしたとき、主人にあのお寿司屋さんたちじゃないのかしらって言ってたんですよ」

康子が言った。二人とも私たちに気づいていたのか。意外だった。

「そうでしたか。日本人の少ないツアーですから、こうしてお会いするのも不思議な御縁ですよね」

実際、船内では私たち以外の人間が話す日本語を聞くことは少なかった。

「私たち、カリブ海は初めてなんですよ。お二人は？」

康子が訊いた。

「私たちも初めてです。もともと来てみたかったんですが、今度、伯父のお伴でようやく夢が実現したんです」

「伯父さんも御一緒なんですか？」

「ええ、ただ昨晩飲み過ぎたようで、今は二日酔いでキャビンで寝ています。たぶん、今日は一日中、部屋の外に出てこないんじゃないでしょうか」

私は笑いながら応えた。

「そうなんですか。でも船って、サービスが良すぎて、とても頻繁にキャビン・スチュワードが部屋に入ってきますから、おちおち寝てもいられませんよね」

康子の言葉は本当だった。掃除は原則、朝と夕方、キャビン・スチュワードによって二度行われる。ただ、それ以外にも、さまざまな口実をつけてやたらに顔を出すのだ。私たちのキャビン担当はレオンという黒人男性だった。その愛想のいい笑顔が脳裏を過(よぎ)る。

「ええ、そうですよね。たぶん、チップが関係しているのでしょうね。チップは下船の際、まとめてキャビンやレストランなど各部署の従業員に渡すのがルールですから、頻繁に顔を出しておけばその金額自体が上がると期待しているのかも知れません。あるいは、伯父によれば、下船のとき以外にもこまめにチップを渡しておくのが、船旅を快適に過ごすコツだそうですから、スチュワードもそれを期待して入って来るのかも。私の部屋と伯父の部屋は同じスチュワードが担当していますから、私は彼にチップを渡し、今日一日だけは、伯父の部屋に入らないように頼んでおきました。変な話ですよね。チップを渡して、サービスをしないように頼むんですから」

私の発言に康子は声を上げて笑った。それから、少し遠慮がちに訊いた。

「お部屋はどちらですか？」

「エメラルド四一五です」

「じゃあ、近くだわ。私たちはエメラルド四四五なんです」

康子が若干、嬉しそうに言った。八階にある海側バルコニーのキャビンだ。

私の伯父の部屋は私たちの隣でエメラルド四一七だった。

私は、ふと高倉のほうを見た。高倉は何故か怪訝な表情をしている。

「奥様、船旅はいかがですか？」

康子が貴穂の目を見て訊いた。貴穂はブルーのTシャツに、白いショートパンツ姿だ。

「ええ、楽しいです。前から来てみたかったんです」

貴穂が恥ずかしそうに応えた。ひどく内気な性格で、人の好き嫌いも激しかったが、高倉夫妻のことは嫌いではなさそうだった。私たちはここで改めて互いに自己紹介した。

私たちは、しばらく一緒に歩いた。市を一巡りしたところで、別行動を取ることになった。別れ際に、私は高倉の顔を見て言った。

「先生、船旅もそろそろ終わりが近づいて、退屈になってきたんじゃありませんか？

私、夜の九時頃から四階ロビー横のバーで飲むつもりですから、お暇でしたら御一緒に――」

貴穂が驚いたように私の顔を見た。警戒しながらも、何故かあのことを話してみたいという危険な衝動が突然湧き起こってきたのだ。それに、別の思惑もあった。

「そうですか。私も夜は暇ですから、それじゃあ御一緒しましょうか」

こう言ったとき、高倉がちらりと貴穂のほうを見たように感じた。

ナッソーの港を出港すると、夜の帳はすぐに下りた。夕食後、私は一人で部屋に残ることを嫌がる貴穂を宥めて、四階のバーに出かけた。

高倉は先に来て、一人でスコッチの水割りを飲んでいた。高倉は立ち上がって、私に席を勧めた。中央のフロアでは、暗い紫紅色のライトを浴びた黒人バンドが生演奏している。

私たちの座っていた席は、そこから一番離れたソファーテーブルだった。ヒスパニック系に見えるウェイターが注文を取りに来た。私はワイルドターキーのソーダ割りを頼んだ。バンドはブルース調のスローなテンポの曲を演奏している。曲名は分からない。

「先生のご専門は？」

「犯罪心理学です」

知っていて訊いたのだ。会話をある方向へ誘導したいという心理が微妙に働いていた。

アップテンポの曲が流れ出した。既に、二時間くらいが経過していた。私はもう何度かグラスを替えていた。高倉は、一杯目の水割りをまだ飲み切ってはいない。

私は殺人を描いた古今東西の小説に絡めて、犯罪が発覚するきっかけの話を始めた。

高倉は私がそんな小説に詳しいことを特に訝（いぶか）っている表情も見せなかった。

「ポーの『黒猫』のラストで、語り手の『私』がやって来た警察官たちに対して、妻の死体が塗り込められている壁を叩いて大見得を切るところは、いかにも不自然ですよね」

私は笑いながら言った。だが、高倉は予想外に真剣な表情で応えた。

「ただ、犯罪心理学的に言うと、あの不自然な場面もある種の心理的過剰反応の陥穽（かんせい）を表しているとは言えるんじゃないでしょうか？」

「心理的過剰反応の陥穽？」

「ええ、平たく言えば、先回りの心理の落とし穴です。罪を犯した人間が、過剰な言動で先回りして、かえって、相手が知るはずがない情報を与えてしまうことを言います。現代の犯罪でも、そういう過剰な言動によって、本来警察が知り得ない情報を与えてしまって、それが逮捕に繋がることもよくあるんです」

「例えば、どんな？」

私はいかにも興味ありそうな口調で訊いた。

「そうですね。ある大学生が自宅アパートの隣室に住むＯＬを殺害してしまった事件があります。これは、ある意味では偶発的な殺人事件で、大学生の本来の目的は下着泥棒だったんです。彼は日曜日の午後三時過ぎ、ＯＬが出かけるのを見計らって、室内に侵入したのですが、忘れ物を思い出して引き返して来た被害者と鉢合わせになってしまい、やむを得ず殺人の凶行に及んでしまったのです」

絞殺だったが、顔には被害者が着ていたと推定されるカーディガンが掛けられており、見たところ流しの犯行というよりは、顔見知りの犯行に見えたという。室内を物色されたあともなく、何も盗まれていなかった。殺してしまったという重大な結果に呆然となった大学生は、下着も取らず、外に逃げ出していたのである。

「しかも、初動捜査の段階では他の有力な容疑者が浮上していたんです。このＯＬには恋人があり、この頃、ちょうど別れ話で揉めていた。その日も、彼女は別れ話に決着を付けるためにその恋人に会う予定だった。ところが、約束の時間になっても彼女が現れないことに業を煮やした彼が彼女の部屋を訪問し、彼女の死体を発見したんです」

「それじゃ、確かにまず疑われるのはその恋人ですよね」

「ええ、そうなんです。どうも彼女のほうが別れたがっていて、男のほうは別れないで欲しいと懇願していた。だから、当然、警察も彼のことを相当に有力な容疑者と考え、逮捕寸前まで行っていたらしいです。ところが、この状況は一人の刑事の聞き込み情報から、がらりと一変するんです」

地取り捜査担当の刑事が被害者の隣室に住む大学生の所に聞き込みに行き、犯行時刻と推定される午後三時前後に、隣で何か妙な物音や声を聞かなかったかという質問をしたときのことだ。

「その刑事はただこういう場合の型どおりの質問をしただけなのに、『朝から夕方の五時頃まで場外馬券場にいたから分かりません』という、アリバイ証明も含むような、過剰な大学生の応答がどうにも引っかかったらしいんです」

実際、大学生はその日は朝の十時頃から場外馬券売り場の指定席で競馬に興じていた。

ただ、その日はまったくつきがなく、午後二時頃その場所を去っているのだが、競馬に夢中になっている他の客たちが彼のいなくなった時刻を正確に覚えているはずもないと践んでいたのだ。

「ところが、この情報が最終的に決定的な物証と結びついたんです。実は、被害者の足元に、黄色の小さな紙の切れ端が落ちていたんですが、警察はこれが何だか分からなかった。数字や文字の断片らしきものは見えたけれど、何しろ、ひどくちぎれていて、ほんのわずかしか残っていなかった。これが犯人が残したかも知れない唯一の遺留品だったんですが、場外馬券売り場にいたという学生の言葉でピンときた。場外馬券売り場の指定席券の切れ端だったんです。彼は帰りにその指定席券をちぎってゴミ箱に捨てる癖があった。しかし、その日はその一部がポケットなどに残っていて、被害者と揉み合っているうちに、何かの拍子に落ちてしまったんでしょう。そんな小さな切れ端ですから、当然、本人も落としたことに気づいていなかった」

ここで高倉は言葉を止めた。それから私の反応を確かめるように、私の目を覗き込んだ。

「要するに、犯人が先回りして言ったことが、捜査陣の関心を競馬に向けることになって、墓穴を掘ったということですか」

「ええ、心にやましいことがある人間は、Aという質問にAプラスアルファまで応えてしまう。そして、そのプラスアルファに決定的な重要情報が含まれていることがあるんです」

高倉の話はそれほど印象には残らなかった。当たり前と言えば、当たり前に思えたのだ。

「どうもこの頃、飲みすぎちゃうんですよね」

私は不意に話題を変えた。高倉は一瞬しらけた表情をして、曖昧に微笑んだだけだった。

「商売も、あまりうまくいかないんですよ。だんだん、お客さんの数が減ってきちゃう」

この言葉を聞くと、高倉は何と応じていいか困っているような表情になった。

「六年前にアメリカに来て、店長になったばかりの頃はよかった。最初の頃は、たいした味でもないのに、何故かお客さんは集まってくれましたよ。でも、時間が経つとお客さんの数が減ってくる。そして、それには一定の法則があるように思うんです。アメリカ人のお客さんの数はそんなに変わらないで、日本人の数がぐんと減っちゃう。何故でしょうね」

私はさりげなさを装って、高倉のほうを見た。高倉は無言だった。

「あなた」

そのとき、私の背後から女の声が聞こえた。振り向くと、康子が立っていた。

「もう、ショーは終わったの？」

高倉が座ったまま、康子を見上げながら訊いた。ショーは五階の劇場で午後八時から行われていたはずだ。高倉は、妻との付き合いよりも私との付き合いを選んだのか。

「ええ、とても面白かった。でも、興奮しちゃってすぐに眠れそうもないわ」

「じゃあ、一緒にどう？」

そう言ったとき、高倉はちらりと私のほうを見た。私の同意を求めているような視線に見えた。

「どうぞ、御一緒に」

私は立ち上がって、康子のほうに振り向き、高倉の右横の席を指さした。

「じゃあ、少しだけ御一緒させていただきます」

康子が座ると、間髪(かんはつ)を容(い)れずに先ほどのウェイターが近づいて来た。

「チチをお願いします(Could I have Chi-chi?)」

康子が丁寧な英語で注文した。ほとんどの日本人が名詞の後に、プリーズを付けるだけだから、その注文の仕方は妙に奥ゆかしく響く。

「どうしてアメリカでお寿司屋さんになりたいと思ったのですか？」

合流してから十分くらい経ったところで、康子が訊いた。

「日本でいろいろとありましてね。それで日本とアメリカで寿司のチェーン店を経営している伯父に頼んで、アメリカに来たんです。伯父には感謝しています。私のような素人同然の男を雇ってくれているんですから」

私はここで一呼吸置いた。それから、ぽつりと言った。

「実は、七年前は私も大学院で研究者を目指していたんですけどね」

「やはりそうでしたか」

高倉が、大きく頷きながら言った。私は上目遣いに高倉を見た。何故分かったのか。

「いや、失礼ながらお店のアメリカ人客に対して、あなたが実にきちんとした英語で応対されていたものですから、日本で相当に高い英語教育を受けた人かも知れないと思っていたんです」

きちんとした英語。思わず苦笑した。いかにも日本人らしい発音で、文法的に乱れのない英語を話すという意味か。確かに、それは日本人インテリの証だった。

「それに、あなたがさきほどポーの『黒猫』の話をされたとき、私はその思いをますます強くしたんです」

「しかし、私の専門はアメリカ文学ではなく、シェイクスピアでした」

「そうなんですか。でしたら、審美（しんび）性より、ドロドロした人間関係のほうに興味がおありなんですね」

高倉は笑いながらおどけたように言った。その前の会話を聞いていない康子は、若干、曖昧な笑みを浮かべている。

ドロドロした人間関係か。この男にあのことを話してみたい。贖罪（しょくざい）とも挑戦とも言えるような微妙な感情が交錯した。

私は一息入れるつもりで、トイレに立った。重大な決断を下すときの私の癖だった。

しばらくして戻って来ると、康子がいなくなっていた。

「妻は先に失礼させていただきました。もともと早寝早起きなものですから」

高倉が申し訳なさそうな表情で言った。康子はさほど眠そうにもしていなかったから、意外だった。だが、これで環境が整ったようにも思えた。

黒人バンドの演奏する曲が、私のよく知っているフォスターの「おおスザンナ」に変わっている。明るく陽気な曲調（メロディー）だが、どういうわけか、私には悲しい曲に聞こえる。

高倉の胸ポケットの携帯が鳴った。高倉は席を外したが、五分くらいで戻って来た。

私はそのタイミングで決断した。

「実は日本でとんでもないことをしでかしましてね」

唐突に言った。言いながら、高倉の顔に波のような砕けた破線が掛かるのを見ていた。


「お前の同級生に野元肇（のもとはじめ）っていう男がいるだろ」

ある日、私の自宅に電話を掛けてきた伯父が言った。野元は私と同じ大学院の同期だったが、私は最初から野元と特に親しかったわけではない。

野元は飛び抜けて育ちのいい男だった。父親は関西経済界の重鎮（じゅうちん）と言われる、某大手企業の会長である。しかし、野元は父親と同じ道を辿る気はまったくないらしく、私と同じ大学の文学部に入学し、さらに大学院まで進んだ。専門はシェイクスピアだったので、指導教授も私と同じ畑山（はたやま）教授だった。

野元は頭もずば抜けて切れた。新しい文芸批評の理論に精通していて、自分の論文にもそれをうまく取り入れる。畑山は文献の精密な調査を重視する昔ながらのシェイクスピア学者だったから、野元の研究方法には批判的だった。しかし、野元は臆することなく堂々と新しい文芸批評の理論に基づいた意見を述べたため、畑山の受けがいいはずがなかった。

野元は女性にも飛び抜けてもてた。百八十センチを優に超える長身痩軀で、彫りの深い端整な顔立ちをしていた。しかも、東京に来ても一向に改めようとしない関西弁丸出しで喋ったから、そのミスマッチがどこかユーモラスな印象を与え、女性の警戒心を解くように作用した。

野元の恵まれた成育環境や才能が嫉妬の対象になるのはやむを得なかった。実際、私自身、彼に嫉妬していたことは否定できない。

だからこそ、私は野元と適当な距離を置いて付き合っていた。そんな私と野元の距離を縮めるきっかけとなったのが、まさにその日に掛かってきた伯父からの電話だったのだ。伯父が私に連絡してきたのは、財界のパーティーで知り合った野元の父親から野元のことを頼まれたからだという。

「いやね、本当は地元の国立大学の経営学部に行かせて会社経営の修業をさせるところだったのに、何を間違えたかお前と同じ大学の文学部に入っちゃったんだ。それで親父さんも困っていてね。俺みたいな実業界の人間と少し付き合うことによって彼の方向性を変える気持ちにさせて欲しいというんだ。だから、今度、その息子に会わせてくれないか」

いささか説得力に欠ける話だった。もちろん、伯父がパーティーの席で野元の父親に会ったのは本当だろう。ただ、伯父がそれをきっかけにして経済界に多大な影響力を持つ野元の父親との交流を深めるチャンスにしたいと考えていたのは間違いなかった。

そうだとしたら、やっかいだった。だが、私からその話を聞いた母は「伯父さんに野元さんを紹介してあげて欲しい」と言った。当然、母も伯父の意図は分かっていたのだろう。

伯父は父の兄だったが、高校の英語教師だった父はその時点より三年前、膵臓(すいぞう)がんで他界していた。まだ、五十三歳という若さだった。父の死後、私たちの経済状態は、当然、逼迫(ひっぱく)した。

母はスーパーのレジ係を始め、大学二年生だった私は家庭教師や塾の講師で稼ぎ、その金を家計に入れていた。大学受験を控えている二歳年下の妹がいて、母は妹には大学受験を諦めさせるつもりだったらしい。

しかし、それには伯父が強く反対し、妹の入学金や授業料は彼が支払うことを約束してくれたという。もっとも、母はこの辺りの事情を私にもはっきりとは言いたがらなかった。

伯父は十年前に離婚しており、子供もいない。母は、父が死んだときまだ四十三歳で、容姿も整っていた。伯父は豪放磊落な性格だったが、父の死後、頻繁に訪ねてくるようになった伯父の素振りから、私は何となく伯父が母に好意を抱いているのを感じていた。

結局、私は母の意向も汲んで、伯父に野元を紹介した。

付き合ってみると、野元はけっして悪い男ではなかった。交流が深まると、野元はときおり私の自宅にやって来て、母と妹の作る家庭料理を食べることさえあった。

そのうちに、野元は、都内の女子大に通っていた妹とも親しくなり始めた。意外だった。妹は顔立ちは母に似て整っていたが、極度に神経質な性格が災いするのか、どこか暗い印象を免れなかった。それに比べて、野元の周辺にいる女性は華やかで垢抜けていた。特に、学部の四年生である川上忍は、野元の本命の恋人だという噂があった。長身の、スタイルもいい美人であり、学部生や院生からもあこがれの対象だった。

そんな野元が妹に関心を抱くのはいかにも不思議なのだ。ただ、野元がある種のドン・ファンであることは確かであり、妹が適当に遊ばれてしまう可能性は否定できなかった。私は妹が野元とときおりデートに出かけるようになると、遠回しな表現で何度か警告した。

妹は私に直接反駁することは避け、「私と野元さん、そんな関係じゃないから」と繰り返すばかりだった。だが、野元に対する妹の態度が、その言葉とは裏腹に、妙に一途に見えることに私は不安を覚えた。

ある日、私は駒込にある伯父の自宅に呼び出された。伯父はその広い邸宅で一人暮らしだった。その上、サンフランシスコ郊外にも自宅を所有して日米を行き来するような生活だったが、どちらかと言うと、アメリカに滞在している期間のほうが長かった。

私が伯父の家を訪問したのは、夜の十時過ぎである。私は応接室の藍色のソファーで、仕事帰りの背広姿の伯父と対座していた。

酒好きの伯父は、接待で飲んだあと自宅に戻ってからも、コニャックやブランディーのような強い酒を飲むのが普通だった。その日も、私は伯父に付き合って、コニャックの注がれたグラスを舐めながら伯父と話していた。

「おい、野元君、就職するんだってな」

伯父が突然言った。若干、顔が赤くなっているようだったが、もともと血色のよい赤ら顔だったから、それほど目立たなかった。頭頂部が禿げ上がっているが、それは特徴的な鷲鼻と共に、加齢よりはむしろ、実業家としての旺盛な活力を際立たせているように見えた。眼鏡は掛けていない。

「ええ、彼は修士だけ出て、来年の春から短大の専任講師になることが決まっています」

予想されたことだが、野元と畑山の関係は最悪になっていた。私の目からもかなり度量の狭い教授に思われる畑山が、野元の自由奔放さを許すはずがないのだ。そういう場合、教授側はたいていは気に入らない学生を修士課程だけ修了させて、博士課程への進学を認めないのが普通だった。

ただ、外聞を憚る教授の中には、短大などの就職口だけは世話をして、一応の面倒は見たという体裁を保とうとする者はいた。しかし、野元の場合、短大の就職口を世話したのは、野元の実力を高く評価していた別の教授である。

だが、私はそういう説明は一切省いて、客観的事実だけを伯父に告げた。

「やはり、そうか。だったら、ちょうどいいな。彼にいい見合い話があるんだ」

伯父はさる大手銀行の頭取から次女の結婚相手を探して欲しいと頼まれており、その相手として野元を考えているらしいのだ。

「しかし、伯父さん、野元はとてももてる男ですからね。彼の周辺には、いろいろと魅力的な女性がいるので、難しいんじゃないですか」

私はこのとき、川上忍の顔を思い浮かべていたが、具体的な名前は出さなかった。

「それはそうだろ。彼ならもてるに決まっている。しかし、結婚と恋愛は別だろ。ちゃんとした家の息子は、結婚相手にはバッチリと血筋のいい女を選ぶものさ」

俗人を画に描いたような、いかにも伯父らしい発言だった。私は苦笑した。野元がそこまで俗人とは思えなかった。

結局、私は野元に話してみると、口約束するしかなかった。

だが、私に見合いの意思を確認された野元はあまりにも予想通りの返事を返してきた。

「俺が見合いなんかするはずないやろ。当分、短大講師で気楽にやらしてもらうわ」

野元が妹のことをどう思っているか気になったが、結局、訊けなかった。

それから一ヶ月後、野元は大学院を去り、短大に就職した。だが、そうなっても、私の家へは以前と変わらず、月に一度か二度のペースで顔を出した。

疑心暗鬼になっていた。野元が妹に特に気があるようにも見えなかったが、妹のほうは野元を意識しているのは、ありありと分かるのだ。そして、ゴールデンウィーク明けのある日、決定的なことが起こった。

気温が上がり、そろそろ夏の匂いが大気に漂い始めた頃である。私は博士課程に進学していたが、博士課程に入ると授業数は極端に減少し、その日も授業は午前中の一コマで終わりだった。

学食で昼食を食べ、午後二時頃、既に自宅に向かう道を歩いていた。杉並区の住宅街だったが、そんな中途半端な時間帯にはほとんど人の姿は見えなかった。だからこそ、やや下り坂を反対側から歩いてくる長身の男の姿が妙に目立ったのだ。

野元だった。その道を考えれば、どう考えても私の家を訪問した帰りとしか思えなかった。彼が訪問すべき場所がその周辺では他にあるはずがない。

「やあ、うちに来たんだろ。上がっていけよ」

私は野元が誰もいない私の留守宅を不意に訪問したと思い込んでいるふりをして言った。

「いや、もうええんや。君も今すぐには戻らんほうがええかも知れんで」

野元はいつになく暗い表情で、険のある口調で言った。得体の知れない不安が立ち上がった。野元はただ右手を軽く挙げただけで、足早にその場を立ち去ったのだ。野元の警告を無視して、自宅に急いだ。三分程度で古めかしい造りの自宅玄関前に来た。

玄関のノブを摑んでそっと手前に引く。施錠されていなかった。心臓が早鐘のように打ち始めた。

足音を忍ばせて、中に入った。玄関の右手が応接室と居間を兼ねた洋間だった。その洋間の扉が半開きになっている。室内の鶯色の応接セットのソファーにだらしなく体を斜めに開いて、横たわるように座っている妹の姿が見えた。

息を呑んだ。黒地に赤のボーダーのスカートと幾分肩口が開いたラズベリー色の半袖ニット姿だ。普段、妹が大学などに出かけるときによく見かける服装だった。だが、そのときはまったく違った印象に見えた。それほど短いスカートではないのに、その姿勢のせいか太股が剝き出しになっていて、スカートの奥の白い下着が微かに覗いていた。

それだけではない。ベージュの薄手のストッキングが左右とも膝のあたりまで摺り下げられていたのだ。

私は靴を履いたまま、玄関の三和土に呆然と立ち尽くしていた。妹は私にまったく気づいていない。

妹の顔が見えた。口を半開きにして、目に涙を浮かべている。普段はきちんと束ねられている短めの髪の毛が崩れて、額の一部に垂れ下がっていた。

何が起こったか、事態はあまりにも明瞭に思えた。野元の言葉が耳鳴りのように、鼓膜の奥で響いていた。動揺が全身を覆い、それはフラスコの中で煮えたぎる大粒の気泡のように怒りのマグマに変貌しようとしていた。

私は再びそっと玄関の扉を開き、外に出た。確かに野元の言う通り、戻らないほうがよかったのだ。

「私が妹のそんな姿を見てから、ちょうど一週間後、畑山教授が室内に置かれていた花瓶で後頭部を殴打(おうだ)されて殺害され、容疑者として野元が逮捕されたんです。野元は容疑を否認しましたが、その日の午後一時に畑山教授に研究室で会うことになっていたことは認めました」

私はここでワイルドターキーのグラスに口を付け、一呼吸置いた。

「死体の発見者は誰だったんですか？」

高倉は落ち着いた口調で尋ねた。その表情に変化はない。

「野元です。彼の説明では、午後一時十分頃畑山教授の研究室を訪ねたが、ノックしても応答がなかった。扉にはストッパーが挟んであって、手で開けられる状態だったので、そのまま開け、ソファーの上で後頭部から血を流して仰向けに倒れている畑山教授を発見したそうです」

しかし、野元にはいかにも不利な状況証拠が揃っていた。そもそも野元が畑山に面会を取り付けていた理由が、畑山との確執を暗示するものだったのだ。

川上忍は畑山のゼミ生だったが、畑山から執拗なセクハラ行為を受けており、そのことを野元に打ち明けていた。そのため、野元は忍に代わって畑山に抗議するために面会の約束を取り付けていたというのだ。

その上、捜査当局は学内の聞き込みから、野元が博士課程に進学せず、短大の専任講師になった経緯（いきさつ）を摑んでいた。要するに、警察の見立ては、野元が畑山との話し合いの最中にかっとなって咄嗟（とっさ）に室内に置いてあった花瓶で畑山を殴りつけ、死に至らしめたというものだったのだ。室内にあったものを凶器として使っているのだから、計画的な犯行ではないという判断だった。

「その事件は何となく記憶しています。確か、検察も状況証拠だけで起訴したけど、一審で無罪になり、検察もそれ以上新証拠を見つけることができないと判断して、控訴を断念したんでしたよね」

高倉がこの事件を覚えているのは不思議ではなかった。七年前の事件だが、マスコミは有名大学構内で起こった殺人事件として騒ぎ立てていたから、かなりの注目を浴びていたはずである。

「それであなたは、野元氏とは、釈放後、お会いになったのですか？」

「いえ、会っていません。私のほうがアメリカに逃げてしまいましたから」

高倉の顔は、何故あなたが逃げる必要があったのかと訊いている。再び、抑え難い告白の衝動が湧き起こっていた。

私は近い将来、日本を逃げ出さなければならなくなる事態を予想して大学院を辞め、野元が収監されていた八ヶ月近くの間、日本にある伯父の寿司店で寿司職人としての修業を積んだのだ。

「ところで、あなたご自身は畑山教授殺しをどう捉えているのでしょうか。やはりそれは冤罪(えんざい)だと――」

高倉の質問に、私は一瞬、沈黙した。それから、ぽつりと言った。

「もちろん、野元は無実です」

「その根拠は？」

私は、再び、しばらく間を置いて、じっと高倉を見つめた。それから、乾いた声で言い放った。

「犯人は私だからです」

耳の奥で波音が聞こえていた。実際は、十六万トンを超えるこんな巨大な船では、外のデッキに出ない限り波音など聞こえるはずがなかったが。

「動機は何だったんですか？」

高倉はやはり、ごく普通の口調で訊いた。表情も変わっていない。私の言っていることを彼がどこまで本気で受け止めているのか推し量るのは難しかった。

「実は私自身が畑山教授とうまくいっていなかったのです。あの先生は気難しい人でしたから、私も付き合うのに大変苦労していました。私が彼の推薦で、ある学会誌に掲載してもらおうとしていた論文にさんざんケチを付けられ、ついかっとなって——」

砕け散る花瓶の破片が、私の脳裏を掠めた。

「しかし、それは動機としては弱いな。それにあなたが野元氏が来る直前に畑山教授と会ったとしたら、それは偶然とは考えにくい。むしろ、あなたが野元氏自身からその面会予定を聞かされていたと考えるほうが自然なんですが――」

私は今度はかなり長く黙り込んだ。高倉が言ったことを肯定したと解釈されても仕方がなかった。確かに私は野元から、畑山との面会予定の日にちと時間を聞いていたのだ。そのとき、畑山と忍のトラブルについても、野元は怒気を含んだ声で私に話していた。

「これは犯罪心理学者というよりは、素人の『肘掛け椅子探偵(アームチエアーディテクティブ)』としての推測として聞いていただきたいのですが、あなたが畑山教授を殺害した目的は、殺害そのものよりは野元氏に罪を着せるほうにあったような気がするんですが、いかがでしょうか？」

「どうしてそんな風にお考えになるんでしょうか？」

私は重い口を開き、質問には質問で返した。

「あなたのお話では、あなた自身が野元氏に嫉妬心を抱いておられたという。古今東西の犯罪史において、嫉妬は犯罪動機の王様です」

高倉がこう言ったとき、白人の若いウェイトレスが近づいてきて、飲み物の注文を尋ねた。二人のグラスは空(から)である。

既に夜中の一時を過ぎていた。しかし、このバーは二十四時間営業だから、途方もない長丁場になりそうだった。生バンドの演奏は、「セントルイス・ブルース」に変わっている。

私は再び、ワイルドターキーを注文し、高倉はジントニックを頼んだ。高倉はそれでようやく二杯目の注文だった。

「ところで、貴穂さんのことですが、昔からの知り合いだったんですか？」

高倉が不意に話題を変えるように訊いた。その口調はあくまでも冷静だった。

「ええ、そうです。それが何か？」

私は不意を衝かれて、またもや訊き返した。

「あなたは今晩、私と飲み始めた最初の頃、お店の客が減ってくることを嘆いておられましたね。特に日本人客が減ってくるとおっしゃって」

「ええ、そうですが」

文脈的繋がりが、ますます分からなくなった。

「実は、私の妻は日本人会の他の主婦の方たちとあなたのお店にランチを食べに行ったことがあるんですよ」

その言葉で思い出した。確かに康子は一度だけ、高倉以外の人間と店に来たことがあったのだ。ランチタイムで、三人の女性と一緒だった。

「そのときのことを妻は、私にこんな風に話したんです。お寿司自体は美味しいし、値段もリーズナブルでみんな大満足だった。だけど、その主婦の内の一人が、『あの二人、夫婦なのかしら。それとも兄妹なのかしら？』と言ったところ、他の主婦たちが『夫婦にしても兄妹にしても何だか不思議な感じ』と口々に言い出したんだそうです。妻はその場では口には出さなかったけれど、同じような感想を持ったため、家に帰ってそのことを私に話したんでしょうね。それで私も印象に残っているんです」

私はワイルドターキーのグラスを大きく傾けた。妙に口が渇いていた。

「それで、その点についての先生のご意見は？」

「言ってよろしいんでしょうか？」

高倉が当惑したような口調で訊いた。

「構いません。いや、是非聞かせてください！」

思わず挑むような口調になっていた。

「『夫婦にしても兄妹にしても不思議な感じ』というのは、逆に言うと『夫婦でも兄妹でもあるような関係』ということじゃないでしょうか」

呆然とした。予想以上に直截な表現だった。そして、その言葉はほぼ真実を言い当てていた。

「最初から分かっていらっしゃったのですか？」

「とんでもない！」

高倉は言下に否定した。

「ただ、日本人の客が減り、現地のアメリカ人客の数は変わらないというあなたの言葉はヒントにはなりましたよ。日本人の数が減るのは、あなた方の独特の雰囲気が何となく伝わるからじゃないでしょうか。それに対してアメリカ人は文化も言語も違うから何とも感じない。そういうことだと思ったんです」

「そうすると、私が畑山教授を殺し、野元に罪を着せた本当の動機は？」

私は、本来高倉が私に訊くべき質問を、あえて私のほうから訊いた。

「貴穂さんに対する愛でしょうか。その表現が適切かどうかはともかく、そうとしか言いようがない。兄妹愛も究極まで行けば、恋愛と区別するのは難しい。あなたにとって、野元氏に貴穂さんを奪われるのは決定的なことだった。あなたはおそらく、野元氏が見合い話を受けることを期待していた。しかし、彼は明瞭にそれを否定しただけでなく、貴穂さんと肉体関係を結んでしまった。少なくともあなたはそう思い込んだ。そこで、もともとけっして好きではなかった畑山教授を殺して野元氏に罪を着せようという発想が浮かんだ。そう考えると、私にはあなたが畑山教授を殺した動機が、一応、納得できるんです」

やはり、私は打ちのめされていた。私のほうから告白の道を開いたとはいえ、ただの店の客に過ぎなかった高倉に、ここまで正確に真相を見抜かれるとは予想していなかった。

「しかし、思い込んだとおっしゃるのは？」

余計な確認だった。ここまで真相に気づいている高倉があのことに気づいていないはずがない。

「それは既にあなたも気づいておられることだとは思うんですが——」

高倉は言葉を切り、難しい表情になった。

「あなたにとって妹さん、つまり貴穂さんの衝撃的な姿を目撃した日、路上で会った野元氏はあなたに対して、『君も今すぐには戻らんほうがええかも知れんで』と言ったんですよね。私には『君も』の『も』がどうにも気になるんですよ。ここで『君も』と言っているのは、『俺も戻らないほうがいいけど』というニュアンスを伝えているように思うんです。まるで野元氏もその前に見たくないものを見てしまったというようなニュアンスを感じませんか？　それに扉の隙間から見えた妹さんは、呆然として目に涙を浮かべていたんですよね。一方、妹さんは野元氏に夢中になっていた。でしたら、あなたが扉の隙間から目撃した妹さんの姿は、好きな人間と肉体関係ができた直後の女性の姿としてはいささかヘンだとは思いませんか？」

高倉は、ここで再び言葉を切った。私は高倉の言葉に圧倒されていた。高倉が言ったことは、愚かなことに私が長い時間を掛けてようやく辿り着いた結論でもあった。あの貴穂の姿を目撃したとき、冷静な判断力を失い、野元のことしか思い浮かばなかったのだ。それは、長い間、憑依（ひょうい）のように私の固定観念を支配した。

「もう一つ気がかりなことがあります」

ここで、高倉は一呼吸置き、言葉とは裏腹に穏やかな視線を投げてきた。

「あなたと貴穂さんは、このクルーズに伯父さんと一緒に参加しているとのことですが、その伯父さんの姿を私はまだ一度も見ていない。私たちがあなたがたをこの船の中で最初に見たのは、レストランです。それから、ナッソーの港近辺でまたお会いし、そして、今日、このバーです。船旅は出かける前はいろいろと想像してワクワクするものですが、実際に経験してみると、退屈なものですよ。何しろ恐ろしく長い間、海の上に浮かんでいるんですから。特にあなたの話から想像すると、あなたの伯父さんはかなり活動的な方のようで、一人だけにされることを喜ぶような孤独癖の人とも思えない――」

高倉の核心を衝く言葉が私の脳裏に刻まれていく。もういいと私は思った。だが、高倉はそんな私の気持ちを知ってか知らずか、淡々と話し続けた。

「私が今日の昼、ナッソーの街であなたたちにお会いしたとき、ある違和感を持ったんです。私の妻の質問は、『伯父さんも御一緒なんですか?』に過ぎなかったのに、あなたの応えが妙に過剰に感じられたんです。もともと私たちはあなたの伯父さんの存在など知らなかったわけですから、あなたは伯父さんがそこにいない状況をあんなに詳しく私たちに説明する必要はなかった。ですから、それはさきほどお話しした――」

「心理的過剰反応の陥穽ですか?」

私は自嘲的な笑いを浮かべながら、先回りするように言った。

「ええ、ですから、あの時点から私は既にあなたに関心を持ち始めていたんです」

私はナッソーで伯父のことを話したときの高倉の怪訝な表情を思い出していた。確かに今から思えば、伯父に関する私の説明は過剰だったのだろう。高倉がただの顔見知りという程度の関係に過ぎなかった私と飲むことに、あっさりと同意した理由もこれで分かった。

「それにあなたがキャビン・スチュワードに頼んだ話にも小さな嘘があった」

「小さな嘘？」

「ええ、実は先ほど私の携帯に掛かってきた電話は妻からだったのですが、キャビンに引き揚げる妻にあることを頼んでおいたのです。あなた方は私たちと同じ八階デッキのエメラルドに泊まっていて部屋番号も近いわけですから、ひょっとしたらレオンという私たちのキャビン・スチュワードがあなた方の部屋も担当しているのではないかと思ったのです。私の妻は、レオンとはよくお喋りをしていましたから、妻に確認してもらいました。すると、やはりレオンもあなた方のキャビンを担当していることが分かりました。レオンの話では、あなたの伯父さんのキャビンは二日前から、それ以降、下船まで中に入らないように要請されていたというのです。これはあなたの話とも微妙に食い違います。あなたは二日酔いの翌日は伯父さんのキャビンに入らないで欲しいと頼んだとおっしゃいましたが、下船まではとはおっしゃいませんでしたからね。もっとも、そういうことを要求する客はひどく珍しいわけではなく、一人旅で静かな雰囲気を愛する乗客の中には、タオルやシーツの交換は三日に一度くらいでいいと言って、キャビン・スチュワードを中に入れたがらない乗客もいるそうです。ただ、私にはその小さな嘘が何故かひどく気になったのです」

私は高倉の言葉を聞きながら、二日前の朝起こったことを反芻していた。

伯父を問い詰めた。エメラルド四一七号室。貴穂には席を外させていた。

伯父は明らかに性的異常者だった。それに初めて気づいたときに私が受けた衝撃は、計り知れない。実は、貴穂だけでなく母も伯父の性の餌食になっていたのだ。

伯父は経済援助を口実にして、母に迫った。というより、経済援助は、実際には母に対する貸付金として処理されていたのだ。その結果、母は伯父の要求に抗しきれず、一度体を許したらしい。だが、その後母は子宮頸がんに罹り、一年間の闘病生活の末死亡した。伯父は、母が闘病生活を送っている間、母に対して恐ろしく冷たかった。

伯父は貴穂の口封じにも成功していた。伯父の行為を私に話せば、私が畑山を殺したことを警察に通報すると、伯父は暗に貴穂を脅していたのだ。貴穂は野元が逮捕された時点で、畑山殺しが私の犯行であることはうすうす感じていたらしい。だからこそ、伯父の脅しはそれなりの効果があったのだ。

　伯父のこんな裏の顔をまったく見抜くことなく信用していた私は、彼には畑山殺しを告白していた。動機は論文の評価を巡る確執と説明したが、それ以外はすべて本当のことを話した。そして、伯父はそれを知った上で、野元に罪を着せるのもやむを得ないと考えていたのだ。私のためというより、身内に殺人者が出るのは、彼の実業家生命を脅(おびや)かしかねないと判断していたのだろう。

　私が貴穂から真相を聞き出したのは、私たちがアメリカに移り住んでから、三年ほどが経った頃である。野元に対する私の復讐が私の誤解に基づくものだと知り、愕然とした。この時点では野元の無罪も確定していたから、私は本当の動機は話さなかったものの、畑山を殺したこと自体は貴穂にもはっきりと認めた。

　同時に、貴穂とまるで兄妹の域を超えた関係にあるように装って、伯父が貴穂に近づくのを防ごうとした。伯父は、その頃、再び貴穂に接近する気配を見せ始めていたのだ。周辺の人々は私たちを夫婦と思い込み、私たちもそれを否定しなかった。

　そんな中、伯父が私たちをカリブ海クルーズに招待してきたのだ。異常な伯父のことだからこのクルーズを利用して、再び貴穂と肉体関係を持つことを狙っているとも考えられた。私と貴穂はあえて伯父の誘いに応じた。

私たちはこの機会を利用して、一気に決着を付けることに決めたのだ。私はそれまで貴穂や母のことで伯父に真相を問い質して、非難することは一切しなかったから、伯父が私たちの意図に気づいているとは思えなかった。

私はナイフで伯父を脅し、妹に対する強姦行為を認めさせた。伯父は泣きながら謝罪したが、私は赦（ゆる）さなかった。伯父の喉元にナイフを突きつけ、大量の睡眠薬をウイスキーで飲ませた。

やがて、伯父は深い眠りに落ちた。私は室内にあった伯父のネクタイで首を絞めて、絶命させた。索条痕（さくじょうこん）が右斜めに上がり気味になるように工作した。

ネクタイで縊死を試みたが、失敗して、結局、バルコニーから海に飛び込んだという偽装である。自殺の場合、索条痕は水平になることは少なく、どちらかに傾斜するはずなのだ。海に投げ込まれた伯父の遺体がそのまま発見されないことを願っていたが、万一発見されたときの用心だった。遺書も用意していた。

キャビンが海側バルコニーだと分かったとき、その発想が湧いたのだ。靴を揃え、遺書を置いておけば、外形的にはそれは間違いなく自殺に映るだろう。

　ただ、すべてが計画通りというわけではなかった。本格的な追及は夜行うつもりで、朝はそこまで問い詰めるつもりはなかったのに、つい興奮状態に陥り、最後までいってしまったのだ。従って、スチュワードを伯父のキャビンに入らせないようにする必要が生じた。レオンに高額なチップを渡し、伯父は神経質で従業員が頻繁にキャビンに入ることをひどく嫌がるから、下船まで入らないで欲しいと頼んだ。

　だが、翌日の夜も遺体を海に投げ込むことができなかった。私は夜中に伯父の部屋に入り、ベッドで横たわる伯父の顔を見つめるところまではした。伯父は私が殺したときの姿のままで、ベッドの上に仰向けになっていた。掛けてあった蒲団を捲(めく)り、腕から指先まで触れる。腕は冷え切っていたが、指先には若干柔らかさが残っているように感じられた。

　伯父の遺体をバルコニーまで運び、海に投げ落とす気力が湧かなかった。何故なのか、自分でも分からない。とにかくマイアミに戻るまでまだ二日の余裕があると、私は自分自身に言い聞かせた。

「あなたが私にこんなことを告白した理由は、私には分かりません。しかし、いずれにせよ、私という第三者に話した以上、あなたは既に罪に服する覚悟を決めているか、あるいは死ぬつもりなのかのどちらかだと思っています。もちろん、私としてはあなたが前者を選ばれることを願っていますが、それとは別に私にはどうしても確認したいことがあるんです。今から、あなたと一緒にあなたの伯父さんのキャビンに行ってみませんか。今後のことはそのあとで決めても遅くはないでしょ」

私には、高倉が何を言っているのかよく分からなかった。すべてを告白したことで妙にほっとした気分に陥っていた。これで伯父の遺体を海に投げ落とす必要もなくなったのだ。

私はまるで催眠術でも掛けられたかのように、夢遊病者にも似た足取りで立ち上がった。高倉と共にロビー横のエレベーターで八階に上がる。エレベーターの中では、私も高倉も一言も口を利かなかった。私は、ただ貴穂との約束のことを考えていた。

伯父に復讐を果たし、すべてが決着したら私は貴穂と二人で死ぬ約束をしていた。そのとき、野元のために畑山教授殺しの真相を記した遺書を書き残すつもりだった。それは貴穂が伯父殺しに協力する条件でもあったのだ。

だが、高倉に告白したことで、私の心境にははっきりした決意が生まれていた。やはり、貴穂を巻き込むべきではない。だとすれば、私に残された道は一つだけだ。途方もない大型客船の割には迷路のような狭い通路を歩いて、伯父のキャビンの前に立った。エメラルド四一七号室。

背筋に悪寒が走った。扉のノブに掛けられていた「邪魔しないでください」の札が外され、扉の隙間から明かりがもれていたのだ。やはり、発覚したのか。中で待ち受ける警察官の姿が脳裏を過った。

扉のノブを手前に引く。そのまま扉が開いた。施錠されていなかった。

中に入った。心臓が激しい鼓動を刻んでいる。高倉もあとに続く。

悲鳴が聞こえた。私自身の声だったが、他人の声のようにしか聞こえなかった。

死人のような顔をしたパジャマ姿の男が白いベッドの上に腰掛けて、じっと私を見つめていた。他に人はいない。

禿げ上がった頭頂部と鷲鼻。違っていたのは、血色のよい赤ら顔が光のかげんなのか、ひどく青ざめて見えたことだけだ。

だが、その男はどこからどう見ても私のよく知っている男だった。

「伯父さん！」

そう言った声が霞み、意味のない音声となって、静寂の中に吸い込まれるように消えた。

「ああ、お前か」

伯父の口が開いた。それは紛れもなく生きた人間の口から発せられた言葉だった。だが、伯父の顔に浮かんだ曖昧な笑みは、えも言われぬ薄気味の悪いものに映っていた。

「いや、不思議なんだよ。長い間、眠っていたらしい。今から二時間くらい前にレオンが入ってきて、それで目が覚めたんだ。お前とこの部屋で何かを喋っていたのは覚えているが、会話内容も覚えていないし、それ以降の記憶も完全に消えている。そちらの方は？」

伯父は不意に、今頃高倉に気づいたように訊いた。

「高倉と申します。たまたま、この船に乗り合わせた医者です。伯父さんの具合が悪そうだから、ちょっと見てくれないかと彼に頼まれまして」

高倉は平然と嘘を吐いた。

「それはお手数をお掛けしまして、申し訳ありません。だが、たいしたことはないようです。飲み過ぎただけかも知れません。まるで、一年分の睡眠を取ったような気分です。気分はけっして悪くないのです」

私は縞柄(しまがら)のパジャマの襟から覗く首筋の紫色の索条痕を見つめていた。それは二日前の私の行為がけっして悪夢の中の出来事ではないことを伝えていた。

「それでは、今日はもう遅いですから、お休みになったほうがいいでしょう。私はこれで失礼します」

高倉が穏やかな口調で言った。

「有り難うございます。そうさせてもらいます。お前ももう心配しないで、部屋に戻っていいよ。明日、朝飯のときにでもゆっくり話そう」

伯父は私のほうに視線を移しながら、付け加えるように言った。その暗い不気味な目が私の顔を凝視しているように見えた。改めてぞっとした。心臓の鼓動は収まるどころか、激しさを増している。

私と高倉はキャビンの外に出た。

「どういうことでしょう?」

少しだけ通路を移動したところで、私は呆然として高倉に訊いた。

「あなたが伯父さんを殺し損ねたことは確かですね」

高倉は何故か若干明るい声で言った。

「伯父が記憶を失っているというのは、本当なんでしょうか？」

「その点については、彼は明らかに嘘を吐いている。記憶はとっくの昔に戻っていますよ」

再び、唖然とした。高倉の言うことはにわかには信じられなかった。だが、高倉はごく限られた情報だけで、伯父が生きていることを喝破していたのだ。

「そんなことまで分かっているんですか。あなたは掛け値なしの名探偵だ」

私は弱々しく呟いた。高倉の表情に当惑の色が浮かぶ。

「いや、そうじゃありません。実は、私もあなたに嘘を吐いていたんです」

「どういう意味ですか？」

「私は妻の報告の半分しかあなたに話していなかった。実は、妻が訊き出したレオンの話には決定的な内容が含まれていたんです。レオンはあなたから伯父さんのキャビンには下船まで入らないように頼まれていたにも拘わらず、昨日の午後三時頃中に入って、ベッドに座っている伯父さんを発見しているんです。伯父さんは、そのときレオンにサンドイッチとコーヒーを部屋まで運ぶように頼んだそうですから、この時点では食欲が湧くまでに回復していたはずです」

ここで高倉は、私の理解を確かめるようにいったん言葉を切った。実際、私は茫然自失状態から回復しておらず、高倉の言葉をようやく辿れる程度の状態だった。

「ですから、私は伯父さんが生きていることをあらかじめ知っていた上で、あなたの伯父殺しの告白を聞いたわけですから、これはフェアーとは言えません。昨晩、あなたが伯父さんのキャビンに入ってベッドで横たわっている伯父さんを見たとき、彼は明らかに死んだふりをしていたんです。あなたが指先に若干柔らかさを残しているように感じたのは、実際に生きていたからですよ。あなたが伯父さんを殺したと言っている時点から二十四時間以上経っているわけですから、死後硬直は全身に及んでいるはずで、指先も硬くなくてはおかしいのです。ただ、分かって欲しいのですが、私の妻からの報告があった時点で、あなたに伯父さんの生存を伝えてしまえば、おそらくあなたは私にこういう告白はなさらなかったでしょうからね」

「そうか。レオンは昨日の段階で既に生きている伯父に会っていたのか」

私は高倉の謝罪と言い訳の言葉を無視するように、ため息を吐きながら言った。仮に高倉の言う通りだとしても、彼が名探偵であることには変わりがないように思えた。

「伯父さんは、彼がいろいろと口実を作ってキャビンに入って来る度に、気前よく高額のチップを渡していたようですから、レオンにしてみれば、中に入りたい気持ちを抑え切れなかったのでしょうね。しかし、あなたからもチップをもらっていた手前、伯父さんの部屋に入ったことはあなたにも貴穂さんにも話さなかったんじゃないでしょうか。伯父さんはさっき、二時間ほど前にレオンが入ってきて意識を取り戻したみたいなことを言っていましたから、あれはどう考えても嘘でしょ。それが嘘なら、もちろん、まったく記憶がないというのも嘘と考えるべきでしょうね」

私はしばらく黙り込んだ。それから震えを帯びた声で訊いた。

「どうして伯父は、記憶を失ったふりをしているのでしょうか？　私を油断させて、逆に復讐しようと考えているのでしょうか？」

「いや、すべてを水に流したいからでしょ。あなたが伯父さんを殺そうとしたことが発覚すれば、貴穂さんに対する伯父さんの行為も発覚する。財界人にも知り合いが多い伯父さんにしてみれば、そんなことが表沙汰になるのは致命傷でしょ。だから、伯父さんは一昨日のあなたの行為を水に流す代わりに、彼の旧悪も許して欲しいと思っているはずです。彼が今日記憶がなくなっているように装ったのは、第三者の私が一緒だったからですよ。伯父さんは明日、朝食でも食べながらあなたに本当のことを話すはずです」

「だとすれば、私はその取引に応じるべきでしょうか？」

私は縋るように訊いた。

「私が言えることは、あなたはやはり、畑山教授の殺害に関しては警察に本当のことを話し、司直の裁きを受けるべきだということだけです。それを優先するという意味においてなら、今度の件で伯父さんの提案に応じるのは、私もやむを得ないと思います」

高倉はそう言い残すと、微かに微笑んで自分のキャビンに向かって歩き始めた。

既に決意は固まっていた。高倉が示唆してくれたことは、貴穂を死に巻き込むことを避けられるという意味で、私にはもっとも受け入れやすい提案に思われたのだ。

私は彼の背後から声を掛けた。

「あなたの奥様が早寝早起きというのは本当でしょうか？」

高倉が振り向いた。私はその顔に向かって微笑みかけた。

「いや、すみません。あれは私が吐いたもう一つの嘘でした。実は、彼女も私と同じで夜更かしなんです。今もキャビンで、読書でもしているんじゃないでしょうか」

高倉も微笑みを返しながら応えた。それから、再び踵を返して歩き始めた。それが私が高倉と話した最後だった。

翌朝、伯父とは話が付いた。伯父は高倉が予想したとおりの提案をして、私もそれに応じたのだ。

伯父が数少ない身内である私たちと別れたくないと思っているのも確かなようだった。しかし、私はきっぱりと伯父の寿司店を辞め、日本に帰って自首することを宣言した。伯父はひどく暗い表情で私の言葉に頷いただけである。伯父をこの先待ち受けているものは、壮絶な孤独だけだろう。

マイアミで下船して、私と貴穂が車を駐めてあった駐車場に向かって歩いていたとき、十メートルくらい先に高倉と康子の背中を目撃した。マイアミの強い日差しが二人の背中に照り映えていた。小走りに走れば追いつけない距離ではない。だが、私はあえてそれをしなかった。

# 言わなくても分かっている。

Tacit Understanding

私が馬女であることは誰も知らない。もちろん、競馬は公営ギャンブルだから、何も他人に隠す必要はないのだろう。二十歳を超えていれば誰でも馬券を買えるという意味で、酒や煙草とまったく同じ扱いであるはずなのだ。

しかし、大学の事務というのは、そんな理屈が通るところではない。私の勤める東洛大学でも、特に服務規程があるわけでもないのに、教育の現場という建前が重んじられるせいか、ギャンブルに対しては恐ろしく冷たい雰囲気がある。「経理の××さん、競馬やってるんだってよ」というような、まるで犯罪者を見つけたようなささやき声が聞こえてくる世界なのだ。

私にしてみれば、いったいいつの時代を生きているのだろうと言いたくなる。中山や府中で赤鉛筆を耳に挟んで、競馬新聞を読むオッサンを見つけることはもはやそんなに容易なことではない。実際、行ってみれば分かることだが、有名な競馬場はさながら広大なレジャーランドを思わせるような構造になっていて、デートスポットとして利用している若いカップルだって珍しくないのだ。

馬女というのは、馬や騎手に恋して、競馬にのめり込む女性を指しているのかも知れない。その定義はともかく、私の場合、騎手が目当てであることは間違いない。騎手にはイケメンが多い。そして、男は何と言っても顔が命なのだ。

男だけではない。女だって、同じことである。

幸運なことに私は美しく生まれついてきたようだ。しかし、美しいからと言って、これまで特に得をしたという記憶もない。むしろ、どうでもいい男に言い寄られ、そういう男たちを追い払うのにつまらない労力を使ってきた分、損をした気分なのだ。

そこで、私は職場ではもてない女を装うことに決めた。おかっぱ頭に近いほど不自然に短く髪を切り、整った顔の輪郭が分からないように太い黒縁の眼鏡を掛けている。しかし、さすがにそれではあまりにも生活に潤(うるお)いがなさ過ぎるから、服装では少しだけ、私の実力の片鱗(へんりん)を見せることにした。

その結果、膝上二十センチくらいのミニスカートに、若干薄めの黒のストッキングを穿（は）いていることが多い。私は大学を卒業してまだ二年程度の職員なのだから、それくらい若い格好をしても、誰も文句を言うはずがない。もてない女のせめてもの悪あがきと思ってくれれば、それでいいのだ。

だが、私の作戦は必ずしも功を奏したわけではないようだった。主任の矢作（やはぎ）など業務中に何度も私のほうをちらちらと見ているのだ。矢作はけっこう頭のいい男だから、おそらく私の偽装を見破っているのだろう。要するに、私がもてることなど、言わなくても分かっていると、言いたげなのだ。こういうのを、別名暗黙の了解（tacit understanding）というのだろうか。

そこで、私も少しいたずら心を起こし、時おり、矢作をからかってやることにした。

私の席は矢作のとなりだった。なんでも、新人は主任の隣席に座って、いろいろと教えてもらうことが私たちの学部の事務職員の慣例になっているらしい。

そこで私は質問をする際、わざわざ椅子を回転させて、膝と脚を矢作の眼前に晒（さら）した。私は一見痩せて見えるけれど、けっしてガリガリということはなく、脚には適度に肉が付き、特に太股近辺が男心をそそるのは自分でも分かっている。現に、私がそういう格好をするときの矢作の反応は見物（みもの）である。動揺を露わにして顔を紅潮させ、視線を不自然なほど下に落とすのだ。

でも、退屈な職場では、こんな遊びくらいしか刺激になることはない。だから、職場から離れて、競馬場のパドックでイケメン騎手たちと視線を合わせるのはそれなりに楽しいのだ。

そう言えば、一週間前の日曜日、中山競馬場のパドックで少し面白いことがあった。高倉教授を見かけたのだ。一人ではなく、二人の男女と一緒だった。男は高倉と同じ中年だったが、女は二十代くらいに見え、容姿も悪くない。年齢から言って、高倉の妻ではなさそうだった。

私はそこで顔を合わせるのはまずいと思ったから、本能的に高倉たちの立つ位置から離れた。高倉たちは、パドックに十分ほどいたあと、券売機がある正面の建物に入っていった。

高倉が私に気づいたとは思えない。いや、仮に彼の視線が私を捉えていたとしても、私を認識できたか怪しいものだ。

高倉のような教員が私たちが業務を行う事務室にやってくることはそれほど多くはない。従って、私たち職員の個々の名前を認識している教員は少ない。

もっとも、私がいる文学部の事務は、総勢六名しかいないから、すぐに名前と顔が一致しそうなものだ。だが、大学教員というのはそういうことが特に不得手な人がなる職業らしく、たいていの教員は私たちの名前を覚えることもなく、私たちは「事務の人」とざっくりと総称されている。

　高倉は特に有名な犯罪心理学の教授だった。他の教員に比べて、マスコミへの露出度は圧倒的に高い。テレビや雑誌に登場することもそう珍しくなく、警察に協力して凶悪な殺人事件の分析を行うこともあるようだ。

　マスコミが高倉をもてはやすのは当然だろう。学問的なことは私には分からないが、とにかく見た目がいいのだ。長身痩軀で、眼鏡は掛けておらず、端整な顔立ちをしている。年齢は四十代の前半くらいだろう。

　その高倉が何故中山競馬場にいたのか。どう見ても競馬が趣味のようには思えない。他の二人の男女は、雰囲気からして出版関係の人たちに見えたから、あるいは何かの取材で来ていたのかも知れない。好奇心が疼いた。私は高倉に関心があるのだ。

「今日のお昼どうする?」

　パソコンのメールを開くと、清水佐和子からの問い合わせだ。私はすぐに返信した。

「フランス料理が食べたいです！」

返信したあと、私は目の前に座る佐和子を見て、微笑んだ。大学の前に建つビルの地階に新しいフレンチレストランができて、お昼に格安の値段でランチを出しているのだ。大学から一人一台業務用に与えられているパソコンのメールでこんなプライベートなやり取りは当然いけないことになっているが、この程度は誰でもやっていることだ。

それはともかく、同じ文学部事務室内の至近距離で、こんなメール交換をしている私と佐和子はさぞかし仲がよさそうに見えることだろう。だが、実は私は佐和子が大嫌いである。

ただ、佐和子は私より五歳年上の先輩職員だから、感情的な諍いは面倒だし、仲のよいふりをしているだけなのだ。実際佐和子自身、私が彼女を嫌っていることに気づいているようには見えない。

私が佐和子を嫌いな理由を挙げたらきりがないくらいだ。まず、未だにその有名人気取りが気にいらない。

もっとも、佐和子が有名なのはせいぜい大学内だけだろう。確かに、佐和子はかつてはオリンピック候補とまで言われた有名な水泳選手だったらしいが、結局、オリンピックの出場は逃している。東洛大学にスポーツ推薦で合格し入学したが、水泳選手としての全盛期はむしろ高校時代で、大学での競技成績はけっして芳しいものではなかった。

でも、事務職員として母校に就職したあとでも、オリンピック候補だったというプライドだけが一人歩きしているのだ。私があるとき冗談を装って、「たまには馬券でも買って、大儲けしたいですね」と言ったところ、返ってきた返事は勘違いもはなはだしいものだった。

「だめよ。私がそんなことしたら、すぐにマスコミの餌食になっちゃうわ。元オリンピック候補、競馬狂いなんてね」

心配するなって言うの。あんたのことなんか、誰も気にしていないから。

あの怒り肩も気に入らない。クロールの選手だから、私の二倍もありそうな肩幅なのだ。かつてはオリンピック候補の美人スイマーとして、週刊誌に取り上げられたことがあるのが自慢らしい。確かに、やたらに鼻が高く目も大きいが、顔の造りがはっきりしているからと言って、美人の条件がそろっているわけではないのだ。サイボーグみたいな女を好きな男がいったい何人いるだろうか。十二歳も年上の恋人がいると自慢しているが、きっとそのカレシはサイボーグ好きのマゾ中年に違いない。

もう一つ、特に気に入らないことがある。佐和子は勝手に高倉に気に入られていると思い込んでいるのだ。あるとき、佐和子はこう言った。

「今日、高倉先生とお話ししちゃった。そして、あの先生も知らない英語を教えてあげたの」

佐和子はスポーツ推薦で合格したため、英語などまともに勉強しているとは思えない。それなのに、東大出の高倉も知らない英語を知っているはずがない。

「negative(ネガティブ)という単語を教えてあげたの。水泳の練習方法の言葉なんだけど、前半はわざと遅く泳いで、後半だけ全力で泳ぐことを言うの。あの先生、それを聞いたら、びっくりして『へえ、そんな使い方があるんですか。知らなかったな』とおっしゃってたわ」

当たり前でしょ。そんなの一種の業界用語でしょ。誰だって知っているはずがないのだ。それを英語の知識の問題だと思い込んでいる、佐和子の頭の悪さも特筆ものである。

要するに、私に言わせれば、佐和子はいわゆる鈍い女なのだ。そういう神経の鈍い女は、こちらの精神状態次第で、ときにひどく癇(かん)に障ることがある。佐和子が高倉のような有名教授にも臆することなく話し掛けられるのは、一つの能力に違いないが、根本はそういう鈍さのおかげだろう。

　それを高倉に認めてもらったと思っているところなど、馬鹿としかいいようがない。だが、この馬鹿さ加減が私には恐ろしい。高倉にもっと認められたいという佐和子の願望は、行き着くところ、高倉の愛人になりたいという願望と結び付き得るからだ。ああ、考えるだけでも、けがらわしい。そんな馬鹿な女を立てながら、日頃の業務をこなす私の身にもなってもらいたいものだ。


　私と佐和子は、大学の正門前のビル内にあるフレンチレストラン「ベル・ドゥ・ジュール」に入った。職員の昼休みは、午前十一時半から十二時半の一時間だけである。そんな短い時間でフランス料理などとても無理に思えるが、この店は新装開店したばかりだから、客集めのために期間限定の九百円で、前菜・メインディッシュ・デザートとコーヒーまでが付くランチコースを出しているのだ。

　従って、昼はかなり混み合っているが、十一時半過ぎまでに入るとたいてい席は確保できる。それに西新宿(にししんじゅく)という場所柄やむを得ないのだろうが、店側は客の回転を重んじるあまり、料理を出すピッチがやたらに速い。一時間あれば、十分に足りる速度なのだ。

その日は、店は特に混雑していた。私たちが出入り口に一番近い席に着くとほぼ同時に、満席状態になった。

だが、そのあと予想外なことが起こった。満席後、五分くらい経ってから、黒のブレザーとノーネクタイの白いワイシャツ姿の高倉が入ってきたのだ。高倉は店内の様子を見て諦めた表情になり、従業員に尋ねることもなく、引き揚げようとしていた。それをいち早く見付けた佐和子が声を掛けた。

「先生、お一人でしたら、ご一緒にいかがですか」

あっけにとられた。佐和子にしてみれば、自分はこういう際に高倉に声を掛けられるほど気に入られていると言いたかったのだろうが、相手にしてみればありがた迷惑もいいところだろう。ただ、むげに断るのは悪いと思ったのか、高倉の反応は、私にはむしろ意外だった。

「いや、お二人でくつろがれているところに、私なんかが入っていいんですか？」

「もちろんです。先生なら、大歓迎です。ねえ、柚菜(ゆずな)ちゃん」

あまりにもわざとらしい発言にのけぞりそうになった。だが、私は咄嗟(とっさ)に笑顔を作って、立ち上がった。高倉の目の動きで私の横に座りたがっているのが分かったからだ。それなら、私が外側の席に移動して、高倉に内側に座ってもらうのが教授に対する礼儀だろう。

「いえ、私は外側でいいですよ」

高倉は慌てたように言ったが、私は構わず、いったん通路に出たため、高倉は内側に座らざるを得なくなった。

そのあと、一見、和やかな雰囲気で会話が始まった。佐和子が高倉の気を引こうとして、いろいろと質問した。丁寧な言葉遣いを守りながらも、表情や仕草で二人の間にいかにも親密な関係が成立していることを私にアピールしている感じだ。

「このお店は何度か来られたんですか？」

「いえ、初めてです。同僚から、大学の前に安い値段でランチが食べられるフランス料理のレストランができたと聞いたものですから」

「そうなんですか。本当にこの店はいいですよ。安い上に、とても美味しいですから」

味音痴の佐和子らしい発言だと思った。たぶん、水泳選手としてカロリーばかり高い食事をしていたから、微妙な味覚などとっくに失われているのだろう。ここのランチが安いのは確かだが、味は値段相応のごく平凡な味である。

「そうですか。それは楽しみですね」

「先生は、今日は授業なんですか？」

「いや、今日は授業はありません。ただ、今年は学生相談室の相談員の仕事を引き受けているものですから、今日の午後はその相談日に当たっているんです」

学生相談員というのは、精神的に問題を抱える学生の相談にのってアドバイスを与えたり、場合によっては適切な治療を受けるように医療機関を紹介する役割を担っている職務である。各学部から教員を一名出し、曜日ごとに担当教員を決めているらしい。大学内の委員だから特別な資格が必要なわけではないが、心理学関係の専門家が選ばれることが多いようだ。

「そんなことまで、先生がなさらなければならないんですか？」

この質問もピントがずれている。大学の専任教員の仕事は教育と研究だけではなく、こういう学内業務もあるのは当然だろう。私より長く大学にいるくせに、そんなことも知らない佐和子の能天気ぶりには呆れるばかりだ。

「いや、私なんか大学のためにろくに働いていないんだから、これくらいしないと罰があたりますよ」

「心理学がご専門だから、頼まれたのですよね」

ここで私が初めて、口を挟んだ。佐和子がすぐに嫌な顔をしたが、私は無視した。

「ええ、学部長から依頼されたのですが、私の場合、心理学と言っても、犯罪心理学が専門ですから、一般のカウンセリングのような仕事はあまり経験がなく、はなはだ心許(こころもと)ないのですが」

「やっぱり最近は精神的に問題のある学生も多いのでしょうか？」

私は、精神医学の問題に関心があるからこう訊いたのだ。そういう話題になれば、まったく知識も教養もない佐和子は、とても付いてこられないだろうという意地悪な気持ちも働いていた。

「それはそうですね。うちの大学も、学生数は三万も超えるようなマンモス私大ですから、やっぱり精神的な問題を抱える学生もそれなりにいますよ。これは、どこの大学でも同じじゃないでしょうか」

「教職員にだって、へんな人はいますものね」

私は笑いながら言った。ほんの軽口のつもりだった。佐和子が何てこと言うのと言いたげな表情で私を睨んだ。しかし、高倉の返事はしゃれていた。

「そうですよね。特に教員はね」

そう言うと、高倉は私と視線を合わせながら、いたずらっぽく笑い返してきた。私と佐和子も思わず笑った。ただ、高倉の言うことは本当だった。職員に比べて、教員のほうがおかしい人は圧倒的に多い。ただ、教員たちは専門職の人間だから、職員とは違って、多少おかしくても周囲がそれを許してしまうような雰囲気があるのだ。

そんな話をしている内に、いつの間にかサーモンといくらのカナッペの前菜が終わり、メインディッシュの仔牛肉ソテーのカレークリーム仕立てが出されていた。仔牛肉だから柔らかいはずなのに、その肉はかみ切れないほど硬い。でも、佐和子は「美味しいですね」を連発しながら食べている。

高倉は曖昧に頷いているが、それ程の味とは思っていないのだろう。しかし、大学教授の割には、適度な社会常識を備えた男だから、適当に調子を合わせている感じだった。

メインディッシュが終わり、デザートになったところで、佐和子が話題を取り戻すように発言した。

「ここのお店の名前、変わってますよね。私、フランス語が分からないのですが、どういう意味なんでしょうか？」

「『昼顔』って意味のつもりじゃないですか。文字通りには『日中の美人』という意味ですが」

高倉が即答した。佐和子はぽかんとした表情になった。あまりフレンチレストランのような名前に感じなかったからだろう。それは私も同じだった。

「先生すごいですね。フランス語も分かるんですね」

佐和子がごますり丸出しで言った。

「いや、そうでもないですよ。大学のとき習った第二外国語はドイツ語ですから、フランス語は基礎文法くらいしか分かりません。ただ、ルイス・ブニュエル監督の『昼顔』という昔の有名な映画がありまして、そのフランス語の原題が、『ベル・ドゥ・ジュール』だったものですから、それで知っているんです。『日中の美人』すなわち『昼顔』というわけです。たぶん、『ベル・ドゥ・ジュール』は、『昼顔』という植物名そのものでもあるんでしょうけどね」

「ああ、いつかどこかのテレビ局でやっていたドラマですよね」

佐和子が相づちを打ちながら言う。馬鹿な。あれは全然別の話でしょ。

「フジテレビでやっていた不倫をテーマにしていたテレビドラマですか？　でも、あれは先生のおっしゃる映画とは無関係なんじゃないですか」

私は佐和子に恥を掻かせてやりたくて、こう言ったのだ。実際、佐和子は、一瞬、決まりの悪そうな表情になった。

「そうですか。そんなタイトルのドラマがあったんですか。私は逆にそのテレビドラマは見たことがありませんから何とも言えませんが、そのドラマが不倫をテーマにしているとしたら、ブニュエルの作品とまったく無関係だとは言い切れないかも知れませんよ。ブニュエルの『昼顔』は確か一九六〇年代後半くらいの古い映画ですが、カトリーヌ・ドヌーブという美人女優が主演を演じて当時は日本でも大変な話題になった作品と言いますから、そのテレビドラマを書いた脚本家はそのことを知っていて、あるいはそんなタイトルを付けたのかも知れませんね」

高倉のこの発言は結果的に佐和子の無知ぶりを覆い隠すことになったから、私には大いに不満だった。

「その映画もやはり、不倫をテーマにしているんですか？」

私は突っ込むように訊いた。

「ええ、ある特異な不倫ですが。芸術映画とは言え、内容的にはちょっと女性の前では言いにくいのですが」

高倉は口ごもった。だが、一方ではその躊躇（ちゅうちょ）はうわべだけで、本当は言いたそうにも見えた。

「構いません。教えてください」

私は快活を装って、笑いながら促した。佐和子は無言だった。

「ドヌーブが演じているのは、何の不自由もない裕福な医者の妻です。しかし、この妻には夫の性の要求に応えられないという悩みがあるんです。自分を不感症と思い込んでいて、その治療をするために、昼間だけ高級売春宿に勤め始める。そこでの源氏名が『昼顔』、つまり『ベル・ドゥ・ジュール』というわけです。結局、この売春宿で知り合った若い男に店の外でも付きまとわれるようになり、それが原因となって何の落ち度もない医師の夫が、この若い男に銃で撃たれて、半身不随の植物状態になってしまうというストーリーです。幻想的な場面も多い難解な芸術映画ですから、映画の意味を一言で説明するのは、むずかしいのですが、不倫という言葉を夫以外の男性と関係することと定義すれば、これも不倫映画の一種とみなすことも不可能ではありません」

「面白そうな映画ですね。今度『TSUTAYA』でDVDを探してみます」

別に高倉にごまをすったわけではない。本当にそう感じていたのだ。しかし、体育会系で芸術などとはまったく無縁な佐和子は、ただひたすら当惑した表情を浮かべている。たぶん、そんな性的なテーマの映画は不謹慎と思っているのだろう。佐和子のような運動選手が、単純な道徳観を叩き込まれていて、こういう芸術映画の話題に付いてこられないのは無理もなかった。

私たちはしばらく沈黙した。高倉の映画の話が、私たちの空気感を変えたことは確かだった。気まずいというほどでもないが、何か高倉の話で私たち三人の間に微妙に成立していた均衡(バランス)がくずれたような印象だった。

「先生、話は変わりますが、私、先週の日曜日、JRの船橋法典(ふなばしほうてん)という駅の近くに住む友達の家に遊びに行ったとき、先生の姿を駅前でお見かけしたんですよ」

最後のコーヒーを飲み始めたところで、私が口を開いた。あのとき何故高倉が中山競馬場にいたのか知りたいという欲望を抑えきれなくなっていた。ただ、パドックで見たと言ったのでは、私も競馬場にいたことが知られてしまうから、わざと駅前と言ったのだ。もちろん、友達というのも架空の人物だった。

「先週の日曜日ですか？　あっ、あのときは中山競馬場に行ったんですよ」

高倉はごく自然な口調で応えた。

「えっ、先生、競馬をなさるんですか？」

佐和子が素っ頓狂な声を上げた。

「いや、あのときは競馬をしにいったのではなく、二年前に起こったある事件のことを月刊誌に書くために、出版社の連中と中山競馬場の取材に行ったんです。中山競馬場のパドックで一人の少女が拉致され、車で小岩近辺の河川敷まで連れていかれて殺害された事件があったでしょ。そのとき、パドックには多くの人々がいて、その少年たちが少女を脅して拉致しようとしているのを見ているのに、誰も止めようともせず、警察にも通報しなかったんです。警察でなくても、競馬場は現金を扱う関係で多くの警備員もいるわけですから、少なくとも警備員に通報することは簡単だったはずなのです。それなのに、みんなその拉致行為を見逃してしまった。それで出版社の編集担当者と相談して、その事件を検証するためにまず拉致現場から取材しようということになったんです」

私もその事件は当然覚えていた。非行少年のグループが少女を拉致して、スーパーなどで万引きをさせたあげくに、江戸川の河川敷で面白半分に焼き殺したという残虐な事件だった。事件発生直後は、少年事件の残虐性という視点の他に、現代社会における他人の無関心ということも問題視されていたという記憶が残っている。

いくら競馬に夢中になっていたと言っても、何故誰一人その拉致を通報する者がいなかったのか。まるで競馬をやる人間の非人間性が問われているような論調のマスコミもあった。私はその頃から、馬女になり始めていたから、私にとっては衝撃的なニュースだった。その事件を高倉が調査しているのも、何かの因縁ではないのか。私の頭の中で、質問の山が膨(ふく)れあがった。

「どういう視点で、その事件を調べているんですか？　やはり、少年事件の残虐性というテーマですか？」

「それもありますが、今回の調査目的はむしろ、事件の内容そのものというより、少女が拉致されるのを見ていた目撃者、つまりパドックに集まっていた群衆のほうの分析にあります。犯罪学の理論に、マーカス・フェルソンとローレンス・コーエンという犯罪学者が提唱した『日常活動理論(ルーティーンアクティビティーセオリー)』というのがあるのですが、これは犯罪が起こる原因を貧困や不平等などの社会的要因よりは、むしろ日常的な生活環境に求める理論です。従って、社会学者などからは批判されることが多いのですが、分かりやすいことは分かりやすい。つまり、犯罪が起こる三要素を、『違反者』『目標物』『有能な監視者の不在』と定義して、これらの三つの要素が重なり合うときに犯罪は起こると説明するわけです。少年非行の代表例と言われる万引きなどはこの理論で、とても上手く説明できます。しかし、その少女が拉致されたときの状況は、分析が簡単ではない。『違反者』と『目標物』は間違いなく存在していたわけですが、『有能な監視者の不在』という要素は、微妙な問題を孕んでいます。一見、有り余るほどの『監視者』がいたわけですが、彼らが『有能』であったかどうかは微妙です」

「パドックにいた人々は、みんな競馬に夢中になっていたから、その少女が目の前で拉致されるのを目撃しても、何の行動も取らなかったということですか？」

私は怒気の籠もった声で訊いた。不思議な心境だった。自分自身が、その拉致された少女のような心境だったのだ。

高倉の顔に、若干、驚きの色が浮かんでいた。高倉が何かを応えようと口を開こうとした瞬間、佐和子が横から口を出した。

「でも、一人で競馬場に行く若い女性って、やっぱり、まともじゃないですよね。だから、その不良少年たちに目を付けられたっていうこともあるんじゃないですか。周りの人々も、不良の少年少女グループの間のいざこざみたいに捉えていたから、誰もが無関心だった。その少年たちと少女の間に面識はなかったんですか？」

私の背中を冷たい戦慄が走り抜けた。佐和子は知っている。私が馬女であることを。知っていてもそれほどおかしくないように思えた。東洛大学の職員だけで、千人以上いるのだ。

そのうちの一人が競馬をやっていて、たまたまパドックにいる私の姿を目撃することは、それほどあり得ない偶然でもないだろう。そして、その噂が巡り巡って、佐和子の耳にも入る。いずれにしても、佐和子の発言は私に対する嫌みにしか聞こえなかった。一人で競馬をしていた少女自身が異常なのだ。だから、この私も。佐和子はそう言いたかったのかも知れない。

「いや、この事件では、少女と少年グループとは何の面識もなかったことが分かっています」

高倉が少し困ったような表情で、質問者の佐和子よりは私を見つめながら応えた。それから、不意に視線を逸らして、腕時計を見た。

「あっ、いけない。もうこんな時間か。私、午後一時からカウンセリングを始めることになっているんです。申し訳ないが、お先に失礼します」

　私たちだって、同じだった。午後の就業開始まであと五分しかない。

「あっ先生、私たちも自分の分を払わなければなりませんから」

　佐和子が慌てたように言った。立ち上がった高倉が、三人分の料金が記された伝票を持っていたからだ。

「いや、ここは私に払わせてください。同席させていただいて、本当に助かりましたよ」

　高倉は早口に言うと、私たちの返事を待たずにレジに直行した。私も佐和子も、一瞬、絶句して、顔を見合わせた。

「すみません。それじゃあ、ごちそうになります」

　私たちも半ば腰を浮かせながら、レジで支払いをする高倉の背中に向かって声を揃えた。高倉は一瞬、振り向いて軽く手を振り、外に出ていった。

「小岩事件」を調べた。高倉の言った事件は、マスコミではすでにそう命名されていた。

仕事の帰りに図書館に立ち寄り、開架式のデスクに置かれているパソコンのＯＰＡＣ（オパック）で検索したのだ。

三作品にヒットした。まだ二年前の事件なのに、その関連の出版物が出る早さに驚いた。しかも、そのうちの一つは高倉自身が書いた新書ものだった。二〇一六年三月に刊行されているから、去年、発売されたものだ。タイトルは、『「小岩事件」の闇　少女は何故拉致されたのか』だった。私はすぐにその本を借り出した。

幸いなことに専門書ではなかったので、割に読みやすかった。自宅の部屋で読みふけった。

まずは当時十七歳だったという被害者がどんな少女か知りたかった。裁判記録や警察の供述調書などが頻繁に引用され、それに地の文が交ざるというスタイルの本だったが、この少女の容姿や人柄、家庭環境などを記した箇所は、高倉自身が調べたことが地の文で書かれていた。

被害者のA子さんは、船橋市の郊外で、両親と一つ年下の妹と四人で暮らしていた。経済的には中流以上の家庭で、家族間の目立ったトラブルもなかった。A子さんは、両親にも妹にも優しく、家族は仲がよかった。しかし、A子さんは高校では孤立していて、時にいじめを受けることもあった。ただ、通っていた県立高校は千葉県でも有数の進学校だったから、そんないじめを行う者は一部の限られた生徒だけで、それがエスカレートすることもなかったという。

A子さんは、かなり太っていて、それがいじめの原因になり、自分でもその容姿に劣等感を抱いていたのは確からしい。高校の研修旅行で撮られた集合写真を見ると、A子さんは一番後ろの左奥に隠れるように立っていて、そういう先入観を持って見れば、いかにも内気で自信がなさそうにも映る。それほど大きな写真ではないので、顔の造作の細かな部分は鮮明ではないが、一見人の好さそうなぽっちゃりとした印象の顔立ちである。

数少ない友人の一人によれば、彼女が競馬にのめり込んでいったのは、自分がクラスの中で疎まれた存在であると思い込んでいて、競馬の世界に逃避していたのだという。もちろん、未成年なので、馬券を買うわけでもなく、自分のひいきの馬を作って、その馬を応援するためだけに中山や府中に通っていたらしい。競馬場の入場料は二百円と安いから、経済的に特に負担になることもなかった。ただ、勉強のほうは中学校の頃はトップクラスの成績だったにも拘わらず、高校では周りのレベルも高く、高校二年生の初

**めにはすでに下位のほうに低迷していた。いじめを受けて、精神的に追い込まれていたことも成績低迷の要因と考えられる。**

意外だった。私は被害者は見た目のいい少女だろうと思い込んでいたのだ。不良少年たちに河川敷に連れ出され暴行を受けたと当時の新聞に書いてあったのを記憶していたから、その暴行というのは当然、性的暴行だろうと推測していた。

しかし、実際は体に火を点(つ)けられる前に、ただ殴る蹴るの暴行を受けただけらしいのだ。事件に関与したのは、三人の未成年の少年と、一人の二十歳の男だった。警察の取り調べに対して、彼らは全員強姦は否定しており、死体検案と司法解剖の結果からも、強姦の形跡はなかったことが判明している。

この被害者が中山競馬場のパドックから拉致され、七時間以上連れ回されたあげくに、河川敷で焼き殺された経緯は、この本の中では、高倉は自分で書くことをせずに、千葉地裁の判決文を引用するに留めている。しかし、裁判官の遣う硬質かつ無機質な法律用語は、かえって客観的に事件の陰惨さを際立たせているように私には思えた。

裁判員による裁判だった。主犯ですでに成人に達していた水口健二(みずぐちけんじ)以外は、被害者も含めてすべて匿名の記号になっている。

二〇一五年九月二十六日の午後三時過ぎ、水口被告と他三人の被告人、X、Y、Zは中山競馬場のパドックで、一人で競馬場に来ていた被害者Aが自分たちの前に立っていることに腹を立て、「こらそこのデブ女、前が見えないぞ」などと暴言を吐いていた。Aは女性としては体が大きかったが、身長は一五九センチで、後ろにいたこれら四名の被告人たちはいずれも一七〇センチ以上あったから、彼らの視界が特に遮られていたということはあり得ず、これは明らかにただ難癖を付けるための根拠のない暴言だったと推認できる。Aは聞こえないふりをしてやり過ごそうとしたが、暴言が複数回に及ぶことによって耐えきれなくなり、場所を移動してこれらの被告人たちから十メートル程度離れた位置に立った。しかし、水口の指示でX、Y、ZはさらにAの後ろに回り込み、類似の暴言を浴びせ続けた。そのため、Aはパドックを離れようとして後方に歩き出したところ、Yが故意にAと体を接触させて転んで見せ、XとZがAを取り囲み、「お前、こいつに怪我をさせてただで済むと思っているのか」などと述べ立て、嫌がるAを群衆の外に連れ出し、パドック後方の空地で、暴言と脇腹を拳で打つなどの暴行を繰り返した。この間、群衆の一部は後ろを振り返り、Aが被害に遭っていることを知っている者もいたが、誰も止めに入ることも警察に通報することもしなかった。Aは何度も「すみません。許してください」と繰り返し、謝罪として持っていた二千円を差し出したが、その金額は被告人たちを満足させるものではなく、結局、その場から拉致されるに至った。その後、被告人たちは中山競馬場正門前に違法駐車させていた車にAを無理矢理に乗せ、Yが運転して船橋市まで走り、「Q１習志野台店」（千葉県船橋市習志野台××丁目××番地××号）および「Q２」（千葉県船橋市本町××丁目××番地××号）においてAを脅して万引き行為を強要した。Aを監視しながら万引き行為に加わったYとZの供述によれば、Aは涙ぐみながら「万引きをするくらいなら、捕まったほうがいい」とつぶやいていたという。このあと、被告人たちは再び、車にAを乗せ、万引きで手に入れた缶ビールやウイスキーなどを飲みながら、小岩近辺の江戸川の河川敷に行った。その現場に到着したとき、すでに午後十時近くになっていた。あたりは深い闇に包まれており、人影はまったくなかった。ここで被告人たちは、「家に帰りたい」と泣きじゃくるAに殴る蹴るの暴行を一時間近くに亘って加えた。水口を除く他の被告人X、Y、Zは、水口の指示に基づいて行われたこの暴行が、いかにすさまじいものであったかを供述している。しかも、この暴行為を行いながら、被告人たちは同時に缶ビールやウイスキーを飲み続けたため、飲酒による酔いにも加速されて、この暴行はエスカレートを続け、留まることを知らなかった。ただ、被告人たちの中に、深刻な結果を予想した者は一人もおらず、全員笑っており、まるで川辺で遊んでいる普通の若者たちの雰囲気だったと被告人Xは供述している。Aはついに川の浅瀬に仰向けに倒れ、意識を失ったように見えた。しかし、水口は「これじゃつまんねえよ。このデブが二度と口を利かないように焼いちゃおうぜ」と言いながら、Yに指示して、Aの頭からウイスキーを掛けさせ、さらにZにライターで火を点けさせた。しかし、火は思ったように燃え上がらず、頭髪の一部を焼いただけだった。そこで、水口はXに指示して、車の中にあったスポーツ新聞を持ってこさせ、それに火を点けて、依然として仰向けに倒れていたAの首から上の部分にその新聞紙を置いた。火は激しく燃え上がり、Aが突然、「馬のような金切り声」（Yの供述調書）を上げて、上半身を起こしたが、再び、仰向けに倒れ、動かなくなった。司法解剖の結果、死因は外傷性ショック死（急性心不全）と判明している。

中山競馬場でAを拉致してから最終的に江戸川河川敷において殺害するまでのこれら

の一連の流れを見るとき、被告人たちの言行には人間性の欠片も見られず、まさに悪逆非道、あるいは鬼畜の所業という表現がこれほど当てはまる事件は他にないと思われるほどである。一方、Aは小学校、中学校、高校とまじめに勉強に取り組み、特に中学校の頃は優秀で、学年でもトップクラスの成績を収め、優秀な高校に進学していた。性格は、やや内気であるものの温厚にして家族・友人に対する思いやりもあり、両親や妹からも愛され、頼られていた。にも拘わらず、このような理不尽きわまる暴力によって人生の最期を迎えなければならなかったことを考えると、本人の無念はもとより、愛する子供を失った両親や妹の慟哭の感情は察するにあまりあり、同時に被告人たちに対する憤怒がふつふつと湧き起こるのを禁じ得ない。被告人たちはこの残虐行為をまるでゲームのように笑いながら行っており、逮捕後も著しい改悛の情を示した者は皆無である。X、Y、Zは、公判において言葉では反省の弁を述べているが、その様子からして真摯な改悛の情の表現とはとうてい言えず、いまだに事態の深刻さを理解しているようには見えない。彼らが、未成年であることを勘案したとしても、けっして罪の軽減が可能な事案ではないことを自覚すべきである。さらに、すでに成人に達しており、本件において常に主導的な役割を果たした水口被告の責任は、まことに重大かつ深刻と言わなけれ

**ばならない。**

これはひどい。私は読みながら、思わず涙を流していた。判決を言い渡す裁判官の、怒りで震える声が聞こえてきそうだった。実際、裁判員たちは主犯の水口に検察の求刑通り死刑、XとYに懲役二十年、Zには懲役八年と六カ月の刑を言い渡していた。裁判員裁判になってから、被害者が一人の場合でも死刑になることがあることに批判的な声があることは聞いていた。

しかし、この事件は死刑で当然だろう。ただ、水口は控訴しており、彼の刑は確定していない。

これでも、控訴するか。私は心の中でつぶやいていた。

矢作が席を外して一、二分後、佐和子も席を立った。やはり、予想通りだ。私もトイレに行くふりをして、事務室の外のフロアに出た。そこからさらに、エレベーターホールの方向に歩く。

十メートルくらい先の、建物の出口近辺でひそひそ話をする矢作と佐和子の姿が見えた。二人の視線が私の姿を捉え、緊張が走るのが私にも分かった。特に、矢作の顔は引きつっている。

それも当然だろう。二人は不倫をしているのだ。佐和子は独身だが、矢作には妻も子供もいる。十二歳年上の佐和子の恋人というのは、矢作のことだったのだろう。矢作はちょうど四十くらいだろうから、年齢的にも合っている。

私が二人の関係に気づくヒントになったのは、やはり「ベル・ドゥ・ジュール」で高倉と話したとき、佐和子が高倉に店名のフランス語の意味について質問したことがきっかけだった。あのときのキーワードは「不倫」だった。私と高倉が話している間、佐和子は不快そうに黙り込んでいた。私は佐和子があいう会話に付いてこられず、私が高倉と楽しそうに話しているのが気に入らないのだろうと解釈していた。

それもあったのだろうが、もっと深い別の意味もあったことにあとで気づいた。つまり、私が彼らの不倫に気づいていて、そのことを暗に仄(ほの)めかすために、わざとあんな話を高倉から引き出したと佐和子は思ったのかも知れない。もちろん、店名の話を始めたのは佐和子だったが、まさか「ベル・ドゥ・ジュール」というフランス語にそんな背景があるとは知らなかったのだろう。

実は、前々から私は佐和子と矢作の様子がおかしいことには気づいていた。二人が席を外すタイミングが同じことが多いのだ。

ただ、確信があるわけではなかったから、「ベル・ドゥ・ジュール」で私と高倉が話していたときの佐和子の態度は、逆に決定的なヒントを私に与えたことになる。そう考えると、一人で競馬場に行く若い女性について、佐和子が非難がましい言葉を発したのも、二重の意味があるように思えてきた。

競馬などをやる人間にろくなやつはいない。ましてや、若い女性のくせに競馬場に通うなんて、どこか異常な人格の持ち主なのだ。だから、少年たちがその女に目を付けたのはある意味では必然的なことであり、被害者などに少しも同情していない。まず基本的に、佐和子はこう言いたかったのだろう。

同時に、佐和子は私も馬女であることを知った上で、あんなことを言ったのだ。私が佐和子と矢作の不倫を見抜いていると思い込んでいて、それに対する仕返しの牽制球(けんせいきゅう)だったとも考えられる。私もあなたの秘密を握っているのだから、私たちについて下手なことは言わせないわよという——

佐和子らしい歪んだ価値観が表れている言動とも言えた。そもそも公営ギャンブルである競馬は、天下の御法度でもなんでもない。一方、不倫は誰が考えても道徳的にはけっして許されない行為なのに、その二つを秤に掛け、等価とみなしているのだ。

しかし、実を言えば、私にとって佐和子と矢作が不倫をしていることなどどうでもいいことだった。私は二人のことにもたいして関心がないのだ。ただ困るのは、矢作が私に好意を寄せていることだった。そして、佐和子がそのことに気づいているのも確かに思われた。

私は関心もない男のことで、佐和子の恨みを買うのはごめんだ。だがそう思っても、日々のっぴきならない状況に追い込まれていくのを感じた。特に、「ベル・ドゥ・ジュール」で高倉を含めて三人で会話をして以来、私に対する、佐和子の憎しみに満ちた視線はことさらひどくなってきたのだ。

あのときも、私のほうが高倉に気に入られたのは間違いない。佐和子もそれは分かっていたはずで、そのことは彼女の憎しみを増幅したことだろう。私は確信していた。やはり、佐和子は本音では高倉の女になりたいのだ。いや、ひょっとしたら、一度くらいなら、もう関係を持っているのかも。

しかし、いくら馬鹿な佐和子でも、あまりにも高嶺の花に過ぎる高倉との関係が今後とも続くとは考えられず、矢作と二股を掛けることによって、心の安定を図ろうとしているのかも知れない。同じ不倫とは言え、矢作なら現実味を帯びた関係になれるのだ。将来、矢作が妻子と別れ、佐和子と結婚してくれることを期待しているとも考えられる。

そうだとすれば、私の立場は危険すぎる。私は佐和子の殺意すら感じ始めた。私は佐和子の体力を恐れた。あの体で首でも絞められたら、か弱い私などひとたまりもないだろう。

だが、業務中、矢作が私に話し掛けてくる回数はますます多くなってきた。私は矢作の愛を感じていた。嫌だったが、相手は主任だし、業務にかこつけた会話だから無視するわけにもいかない。その都度、佐和子が恐ろしい形相で矢作と私を睨みつけながら、席を外すのだ。

矢作も思いきり不自然な理由を付けて、佐和子のあとを追うように部屋を出て行く。文学部の事務室には、私たち三人以外にも、あと三人の事務職員がいるのだが、彼らもとっくに状況を察しているようで、触らぬ神に祟りなしと黙り込んでいるのだ。

矢作が佐和子にどこかの物陰に連れ込まれ、私のことでさんざんなじられているのは間違いない。その怒りが私のほうに直接向かって来るのは時間の問題だろう。私は殺されたくない。愛してもいない男のことで。

悲惨な結果を回避するためには、手段は一つしかないように思えた。先手を打つことだ。

「では、あのとき高倉先生がお店に入ってきたのは、偶然ではなかったのですね」

私は力なく言った。大学内の会議室で、私はテーブルを挟んで高倉と対座していた。

職員担当の常務理事と矢作は、カウンセリングが始まる直前に部屋の外に姿を消し、その部屋に残っているのは私と高倉だけだった。

私は佐和子の殺害に失敗したのだ。そして、大学側はこれを表沙汰にしない条件として、高倉のカウンセリングを受けたあと、しばらく休職して、専門的な治療を受けることを私に求めていた。

もちろん、大学側の視点で見れば、大学内で殺人未遂事件が起こったことなど公表したくないに決まっている。だから、そういう提案は私のためというより、むしろ大学のためだった。ただ、高倉の話では、矢作も佐和子も本当に私のことを心配しており、私も憑きものが落ちたようにそのことを理解し始めていた。

「すみません。その通りです。しかし、あれは私の提案だったのです。矢作主任や清水さんがあなたの様子がおかしいことを随分心配しておられて、私にカウンセリングを依頼してきたのですが、私としては最初からカウンセリングするよりは、まずは自然な会話の中で観察したほうが本当の様子が分かるという判断があったのです」

そうだったのか。さすがだと思った。あのとき高倉は、そういう故意を微塵も見せることなく、自然に振る舞っていた。

「それで先生は、すぐに私が異常だとお感じになったのでしょうか？　私、いろいろと支離滅裂なことを言ったのでしょうか？」

「いえ、そうではありません。若干、ハイな状態だとは感じていましたが、言っておられることは支離滅裂どころか、むしろ、理路整然としていましたよ。ただ一つ、あなたが私に吐いた嘘のことが気になっていました」

「競馬のことですよね。どうして分かったのでしょうか？」

私は照れたように、うっすらと笑いながら訊いた。そんなことを隠そうとする見栄もすっかり消えうせていた。

「あのときあなたはJR船橋法典駅前で私を見たとおっしゃいましたが、私は男性編集者の車で行きましたから、JRの駅にいたはずはないのです。だから、あなたが私を見たとしたら、競馬場の中以外に考えられない。それはあなた自身が競馬場にいたことを意味しています」

あまりにも当たり前すぎる説明だった。私は思わず苦笑した。

「すみません。私が競馬をする馬女であることを知られるのが恥ずかしかったんです」

「謝ることはありませんよ。その気持ちはよく分かります。競馬のようなギャンブルに対する偏見はまだまだ根強いですからね。だから、私も嘘を吐いたのかも知れません」

「先生も嘘を吐いた？」

意外だった。何のことか分からなかった。

「事件の取材で中山競馬場に行ったなんていうのは、真っ赤な嘘ですよ。同行した二人が知り合いの編集者であるのは本当ですが、若い女性編集者が競馬をしたことがないのでやってみたいと言うものだから、二人で連れていっただけです。雑誌で書く企画なんかありません。だから、私もつまらない見栄を張ったわけです」

高倉は私の目をのぞき込むようにして、微笑んだ。まるで競馬をやる者同士の共感を確認しているようにも見えた。

「じゃあ、『小岩事件』のことを話されたのはただの偶然だったのでしょうか？」

私の質問に高倉は一瞬表情を曇らせて、黙り込んだ。それから、再び、静かな口調で話し始めた。

「いえ、偶然とは言えませんね。あの事件については前に本に書いたことがあり、たまたま詳しく知っていたので、いかにもこれから書く事件のように話しましたが、あの話をしてあなたの反応を見たかったというのが本当のところです」

やはり、「小岩事件」の話をする前に、高倉が私が馬女であることに気づいていたことに意味があるのだ。

「その時点で、私が競馬をしていると判断されて、競馬場のパドックで起こった事件を例にあげて、私にある種の恐怖を植えつけて私の反応を見たかったということでしょうか？」

私は食い下がるように訊いた。ここはこだわりたかった。

「いや、それは違います。むしろ、あなたの関係妄想の深さを知りたかったのです」

「関係妄想？」

私は思わずその言葉をつぶやいた。

「ええ、私が矢作さんや清水さんから聞いた話から、また例のフレンチレストランであなたとお会いしたときのあなたの様子から、私はあなたに関係妄想の症状があると判断していました。精神医学で言う関係妄想というのは、どんな無関係なことでもすべて自分に結びつけてしまう妄想を言います。一番、分かりやすいのは、電車の中で見知らぬ二人がひそひそ話をしているのを聞いて、自分の悪口を言っていると感じるような症状です。ただ、これは普通の人にもありがちなことで、それほど病的なものではありません。矢作さんの説明では、清水さんがあなたの様子をひどく心配しておられて、あなたの前では話ができないため、時々一緒に席を外して、部屋の外で相談することはあったそうです。それをあなたは、二人が不倫関係にあると思い込んでいたわけですね」

高倉はここでいったん言葉を切った。私の脳裏に、大学の女子トイレの中で私が木槌で佐和子に襲いかかったときの情景が浮かんだ。授業時間中の午前十時半前後で、トイレ内には偶然私と佐和子しかいなかった。

佐和子がトイレに立ったとき、私は家から持ち出してきた木槌の入っているバッグを持って、同じように席を立ったのだ。あのとき他に人がいなかったことは、やはり決定的だった。

よく覚えていないが、私は矢作と佐和子の不倫をなじる言葉を大声で連呼していたらしい。白状するが、私は矢作のことが好きだったのだ。だから、素直に言えば、犯行の動機は嫉妬だった。

しかし、水泳で鍛えられた佐和子の身体能力は想像以上だった。木槌は軽く肩口を捉えたものの、すぐに佐和子に奪い取られ、体を押さえつけられた。そのあとのことはよく覚えていない。とにかく私は、駆けつけてきた矢作と佐和子に付き添われて、ひとまずは構内にある診療所に連れていかれた。私は興奮状態で泣きわめいていたらしいが、医師に鎮静剤を打たれて、眠ってしまったという。

「矢作さんと清水さんのひそひそ話をあなたが悪口を言われているというより、不倫関係にある証と考えたのは、通常の関係妄想とは少し違う感じがしますが、精神医学的には大差はありません」

再び、高倉が話し始めた。

「ネガティブな情報として自分に結びつけるという意味では、関係妄想の一種と考えていいと思います。しかし、それだけのことでは、その重篤性が分からない。だから、それを計るために、私は『小岩事件』に言及することを咄嗟に思いついたのです。関係妄想が悪化すると、過去に起こった無関係な犯罪事件まで自分と関係があると思い込み、それを口に出す者もいるのです。たぶん、加害者や被害者に感情移入し過ぎて、現実との区別が付かなくなるのでしょうね。たまに、有名な未解決事件で犯人を名乗る男が現われて、警察が調べてみるとまるで無関係なことが分かることがありますが、これは単純な売名行為を除けば、こういう関係妄想のせいであることが多いのです」

「それは加害者に感情移入した場合ですよね。しかし、私の場合は『小岩事件』の被害者に感情移入してしまいました」

私のほうから先手を打つように言った。高倉が何故「小岩事件」に言及したかを、高倉自身の口から説明させるのは酷だと思ったのだ。

私は自分の本当の容姿を思い浮かべた。そこに鏡があったとしたら、美人どころか、背の低い小太りな、目鼻立ちの整わない女の顔が映っていることだろう。だから、私は防御反応として、自分が美しい女で周りからもて過ぎるために、あえてブスを偽装しているという妄想の中に逃避したのだ。毎日鏡を見るように、自分の容姿の現実を見せつけられたら、とうてい耐えることができなかっただろう。

それはちょうど何の才能もない狂気の人間が、自分が小説や絵画の天才であると思い込むのに似ている。そういう人間が現実を知ったら、生きられるはずがないのだから、それはある意味では自分を守るためのやむを得ない妄想なのだ。

「被害者が本当に可哀想でした。まるで自分の姿を見るようでした」

私は涙声で唐突に言った。実際、言い知れぬ悲しみの感情が一気に湧き起こってきたのだ。高倉は深刻な表情で沈黙している。私は言葉を繋いだ。

「被害者が殺された理由がただ単に美しくなかったからだと考えてしまったのです。加害者にとって、あんな残酷な殺し方しか、楽しむ方法はなかったのだと思えてしまったのです。だから、先生が『小岩事件』を例に挙げた意味がよく分かるような気がしたんです。私が男に相手にされない女であることなど一目見れば分かることで、先生だって言わなくても分かっているでしょ」

「ちょっと待ってください」

高倉が語気鋭く、遮った。

「私が『小岩事件』に言及したのは、あなたが競馬に関心をお持ちだということを知ったからであって、あなたと被害者の容貌の共通性を意識したからではありませんよ。だいいち、私はあなたの容貌について、あなたのおっしゃるようにはまったく思っていませんから」

「先生、優しいんですね」

私は泣き笑いの声で言った。高倉が私の予想通り優しかったことが嬉しかった。おそらく、高倉は「小岩事件」の被害者にも同じことを言ったことだろう。

「ただ、私の意図とは違ってあなたにそう取られたとしたら、私が『小岩事件』に言及したのは明らかに失敗でした。人の心を読むのが心理学者ですから、心理学者として失格だと言われても、仕方ありません」

高倉は幾分、掠(かす)れた声で付け加えるように言った。その顔はひどく沈んでいる。

「いいんですよ、先生。私、先生にそう言っていただけるだけで嬉しいんですから」

実際、私の心は凪(な)ぎ始めていた。私たちは、しばらく無言だった。やがて、高倉が遠慮がちに訊いた。

「あのフレンチレストランで清水さんが一人で競馬場に行く若い女性について、若干非難がましいとも取れる発言をされたことと、あなたが今回清水さんを襲ったこととは関係があるのでしょうか？　ひょっとしたら人物の転移(トランスフエアレンス)が起こったんじゃないかと思っているんですが」

「人物の転移？」

「ええ、あなたが被害者に感情移入するあまり、清水さんの発言を犯人グループの側の発言と受け取り、結果的に清水さんを犯人グループと重ね合わせてしまったということです。だから、犯行動機はあなたのおっしゃるように嫉妬だけではなく、清水さんを犯人グループの一人と見立てての復讐だった――」

「そうかも知れません。でも、そんなのは完全に私の妄想でした。清水さんが私のことを心配してくれていて、とてもいい人だということは分かりましたから。その清水さんを私は殺そうとしたのですから、私って、最低ですね。この罪は永遠に消えませんよ」

私は深い溜息を吐いた。

「いや、あなたは彼女を殺すつもりなんかなかったんですよ」

「いいえ、殺すつもりでした！」

私は頑なに言い張った。自分で自分を罰したかったのだ。

「じゃあ、何故木槌なんか使ったんですか。ナイフとか手斧とかもっと確実に殺す凶器なんかいくらでも用意できたでしょ。しかも、清水さんの話によると、あなたは後ろからではなく、正面から打ちかかっている。有名な水泳選手だった清水さんとあなたとの体力差は歴然としているのだから、正面から打ちかかれば、取り押さえられることになるのは目に見えていたはずです」

高倉の語気は鋭かった。だが、やはり高倉の優しさを感じた。私はその優しさを素直に受け入れることにした。

「それを聞いて、いくらか気持ちが楽になりました。ありがとうございます」

「それはよかった。他に何か言いたいことはありますか。すべてを吐き出すともっと気持ちが楽になりますよ」

「まだこだわっていると、先生に怒られそうですが——」

私は口ごもった。

「いや、怒りませんよ。言い掛けたことは言ってしまったほうがいい」

「私、『小岩事件』の犯人たちが、未だにまったく反省していないことが許せないし、怖いんです。あんなひどいことをしながら、のうのうと生きることができる人間が信じられない。主犯の水口だって死刑判決が出たと言っても、控訴中ですから、このあと確実に死刑になるとは限りませんよね。私はどうしても彼らに反省してもらいたいんです。その反省の言葉を聞かない限り、私はこのトラウマから回復できないように感じるんです」

「そうお考えになるのは、あなたがまっとうな人間であることの証拠です。私もまったく同じ気持ちです。しかし、人間の気持ちなど表面だけではまったく分からないのかも知れませんよ。ご存じないんですか？」

私はぽかんとした表情だったに違いない。高倉が何を言おうとしているのか、見当が付かなかったのだ。

「今朝のテレビニュースで流れたのですが、水口は昨日の夜、拘置所の中で首を吊って自殺したらしいですよ。被害者とその遺族に長文の謝罪の遺書を残していたそうです。他の三人の少年たちは表向きは謝罪の言葉を述べていたけれど、水口はまったくそんなことも言っていなかった。意外と言えば意外ですが、私たちとしては最後に彼が罪を自覚したと考えるしかない――」

衝撃が走った。知らなかった。ここ数日すっかり家でふさぎ込んでいた私は、テレビを点けることもなかったのだ。

気持ちが軽くなった。高倉の言うとおりだ。水口は最後の最後になって、罪を自覚したと考えることにしよう。それでいい。それでいいのだ。

私の目から止めどもなく涙がこぼれ落ちた。

# ローウェル・リーの憂鬱

STALK

ストーカーという言葉がいつ頃から、日本でも使われるようになったのか、僕は知らない。何でも英語で言うストーク（stalk）とは、「（獲物などにそっと近づいて）仕留める」という意味だそうだから、もともと悲劇的な結末を暗示している言葉なのだ。

愛とは、その対象からすべてを奪うことである。相手の意思に関係なく。

僕は愛が報われない苦しさを誰よりも知っている。悶々として眠れぬ夜。胸に大木がのしかかっているような息苦しさ。まぶたは熱を含んで腫れ上がり始める。あの苦しさから逃れるためには、愛の対象を永遠に自分のものにするしかないのだ。

矢野千里。僕はこの女を愛し続けている。深く、執拗に。しかし、今のところ、千里は僕の愛に気づいていないようだ。

僕はすぐに気づかせて、破滅の道をまっしぐらに進むような愚かなまねはしない。究極の愛の形を実現する途中のプロセスをたっぷり楽しむのが、何と言ってもストーカー行為の醍醐味なのだ。

僕は三年生になったら、千里と同じゼミに入ることを目指していた。千里の希望ゼミは、おそらく高倉ゼミだろう。高倉ゼミは、東洛大学文学部の中では最難関ゼミの一つだった。何しろ、犯罪心理学者の高倉は我が大学一の有名人で、マスコミでも引っ張りだこの人間なのだ。

犯罪という暗く、陰湿な世界の研究者なのに、こんなに人気があるのは、高倉が有名人であるのに加えて、その容貌とも無関係ではないのだろう。長身瘦軀で、端整な顔立ちだ。年齢は四十の半ばを少し過ぎたくらいだった。

高倉ゼミは、女子学生のほうが圧倒的に多い。もともと文学部は法学部や経営学部に比べて、女子学生の比率が高いのは当然だが、どう考えても犯罪心理学が女子学生の好みそうな研究領域だとも思えない。

かと言って、就職に有利な学問であるはずもない。どこの企業面接でも、所属ゼミは当然訊かれるが、「犯罪心理学のゼミです」と応えて有利になる会社など、ちょっと考えにくいのだ。

要するに、このゼミは高倉に憧れて入ってくる女子学生がほとんどで、男子学生なんて刺身のつまみたいなものだった。そして、男であれ女であれ、僕のように犯罪研究に本当に興味がある学生のほうがまれなのだ。

しかし、理屈はそうであっても、僕のような容貌の冴えない男子学生が、人気ゼミである高倉ゼミに合格するのはかなり難しい。というのも、ゼミ生の選抜を行うのは、実際には四年生のゼミ生であって、高倉自身はほとんど関与しないからである。

こういうことは高倉ゼミに限ったことではなく、多くのゼミで普通に行われていることだった。高倉ゼミのゼミ長は、高木浩介という男子学生だった。僕は、高木のことをよく知っていた。実は、高木は高校の一年上の先輩で、同じ陸上部に属していたのだ。

高木は走り高跳びの選手で、僕は砲丸投げの選手だった。だから、見た目も極端に違う。高木は長身で痩せていて、容貌もけっして悪くない。僕は背が低く、ずんぐりと太っている上に、目も細く、額も猫のように狭い。選手としては、二人ともたいしたことはなく、大学では僕も高木も陸上部には入っていなかった。

僕はたまにキャンパスで高木と顔を合わせていた。そして、高木に会うたびに、不愉快な気分になった。

高木のやつは、えらそうに先輩風を吹かすのだ。僕にとって、高木などまったくどうでもいい存在だったが、我慢強く腰を低くしていた。それもすべて、三年生になったら、高倉ゼミに入ろうと思っていたからだ。そのとき、高木はゼミ長だから相当な発言権があるはずである。

僕は千里とは一、二年生のとき、英語の必修授業で同じクラスにいた。何度か、話したこともある。僕は自分の気持ちを悟られないように細心の注意を払っていた。僕の話し方はさりげなかったはずで、千里にもその深い関心と執着を気づかれたようには思えない。

また、千里にしてみても、自分の美しい容貌を意識しているため、僕のような恋愛の対象外と一目で分かる男とは、気楽に話せる面があったのだろう。初めて話したあと、何回か千里のほうから話し掛けてくることさえあった。

普通の意味では、千里はけっして性格の悪い女ではない。自分の優れた容貌を意識しているからこそ、過剰にフレンドリーな雰囲気を漂わせるのだ。

「武藤君、どこのゼミを受けるの？」

二年生の秋学期が始まったばかりの頃、僕はばったり会った千里からこう訊かれた。

実は、それより三ヶ月ほど前、クラス授業の英語が終わったあと、僕は犯罪研究が趣味みたいなことを若干冗談めかして千里に喋ったことがあったのだ。そのとき、高倉の「犯罪心理学入門」を取っているという話もしたはずである。

僕は、一瞬返事に迷った。三年生になったら、千里がどこのゼミに入るかこの段階では分かっていなかったから、あとで訂正の利かない断言はとりあえず避けようと思ったのだ。

「うん、まだはっきりとは決めていないけど、候補はいくつかあるよ」

「でも、武藤君だったら、高倉ゼミじゃないの」

千里は何故か探るように訊いた。

「うん、それも候補の一つだけど、まだあそこだけに決めたわけじゃないよ。矢野さんは、マスコミ関係のゼミ？」

「えっ、どうしてそんな風に思うの？」

僕はぎょっとしていた。うっかり口を滑らせたのだ。僕は日頃、千里に関するあらゆる情報を集めていた。千里がテレビ局に入りたがっているという情報を、僕はある筋から手に入れていた。

「何となくさ。矢野さんて、そういうの似合いそうじゃん」

僕は自分の本当の気持ちを見抜かれないように、ちゃかした口調で言った。僕は女子アナを想定して、そんなことを言ったのだ。

「ダメよ、私なんか、メンタル弱いし」

千里は幾分恥ずかしそうに言った。メンタル弱いし、か。僕は、千里が今時の女子学生丸出しの言葉遣いをしたことに、奇妙な興奮を覚えていた。普段の言葉遣いは、もう少しお上品なのだ。

「そうなの。そんな風には見えないけど」

僕は無難な言葉で、締めくくった。それから、改めて訊き直した。

「それ以外だとしたら、どんなゼミを考えているのかな？」

「うん、私も決めたわけじゃないけど、高倉ゼミも候補よ。ねえ、武藤君、あのゼミに合格するには、どんな本、読んどけばいいのかしら？」

ピンと来た。千里は、けっこう本気で高倉ゼミを希望しているのかも知れないと思ったのは、このときだ。その日、僕に話し掛けてきたのは、それを聞きたかったからではないのか。

「高倉先生が書いている、『犯罪心理学入門』という文庫本でも読んでおけばいいんじゃないの」

僕の言ったことは、ある意味ではまったく正しくない。高倉ゼミの学生たちがそういうまともな勉強などしているはずもないのだ。高倉自身が面接するならともかく、学生がやるのだから、選抜の基準がアカデミックなポイントに置かれることもない。もちろん、「どんな本を読んでいますか」という程度のかっこうつけの質問くらいは出るだろうが。

要するに、選抜の基準は、そんなことにはなく、ゼミの仲間としてやっていくための協調性に置かれているのだ。それに誰も直接には口にしないだろうが、見た目の良さも、合否基準の大きな要素だった。

千里はこの二点については完璧に見えた。だが、僕に言わせれば、見た目の良さというポイントは千里にとって波乱含みだった。合否を決める学生がすべて男性ならともかく、それどころか、圧倒的に女性のほうが多いのだ。

女性が女性を選ぶ場合、適度に美しいのはいいが、美しすぎるのは危険だった。キーワードは嫉妬(しっと)だ。そして、千里は実際、他の女子学生の嫉妬心を掻き立てるのに、十分に美しすぎるのだ。

ただ、そう思う一方で、千里が高倉ゼミの選抜試験を受ければ、ほぼ確実に受かるだろうとは思っていた。千里は他の女子学生の嫉妬心に気づかぬような馬鹿ではない。極力、自分の美しさや華(はな)やかさを抑えて、反感を買わないように努めることだろう。ならば、余計なことは考えず、僕が合格する方法だけをひたすら考えればいいのだ。僕は、高倉に直接アプローチする方法を考え始めた。

水曜日の三限が高倉の「犯罪心理学入門」の授業だった。僕はときどき、授業終了後、質問に行くように心がけていた。しかし、あまりしつこい印象を与えるのは好ましくないから、毎回質問するのは避け、隔週くらいのペースで質問していた。

僕は高倉に質問するとき、なるべく、明るく屈託のない学生を装った。いや、装う必要もなかったのかも知れない。僕は実際、周(まわ)りからはそんな学生と思われていた。体型のせいで、一見、いかにも鈍(にぶ)そうで人の好い人物に見えるのだ。

「君は随分、この事件に詳しいんですね」

授業終了後、教室に残って僕の質問を受けていた高倉は、笑いながら言った。僕はこの前にまず、その日の講義の中心話題だった、アメリカで起こったローウェル・リー・

アンドリュース事件について、質問していた。「ウォルコット一のいいやつ」と呼ばれていた、いかにも人の好さそうに見える肥満で秀才の大学生が、自分が冷血な殺し屋であることを証明するためにのみ、両親と姉をライフルとリボルバーで撃ち殺した事件だった。僕は、アンドリュースとの容貌の類似を意識していたから、フロイトの精神分析と絡めてアカデミックな質問を装い、僕の個人的な共感は上手く隠蔽したつもりだ。ただ、その日は、後期試験を前にした最終講義だったので、質問をもう一つ加えて、高倉が雑談のような形でやはりその日に軽く触れた、さいたま市で起こった夫婦の失踪事件についても質問したのである。高倉が僕の知識に驚いていたのは、この事件に関してだった。

行方不明になっているのは、医師の堺田謙介と妻の福美だった。謙介は三十三歳の勤務医で、飯田橋にある総合病院に腎臓結石の専門医として勤務していた。福美は二十五歳だったが、近所では評判の美人だった。

鼻梁の高いノーブルな顔立ちで、顔だけ見ると、いかにも高慢な印象を与えかねない。だが、実際に接してみると非常に腰が低く、性格も思いの外気さくで、近所の評判も容貌に劣らず上々だったという。二人の間に、まだ子供はいなかった。

その二人が、二〇一五年、八月三日に突然姿を消したのだ。謙介は臨床医だったが、性格的には基礎医学の専門家に向いていると言っていいほど地味で、温和しい人物だった。従って、病院内の人間関係でも、患者との関係でも、これと言ってトラブルはなかったという。

ただ、初動捜査の段階から、福美に付きまとっていた若い男のことが、捜査線上に浮上していた。もっとも、その男と福美に具体的な人間関係があったわけではない。福美から見れば、男はまったく知らない人物だった。

福美が男をまともに見たのは、ただの一度きりだった。堺田夫婦の自宅は、さいたま市の浦和区の住宅街にあった。百二十平方メートルほどの建坪の二階建て一軒家だったが、周囲にはもっと大きな家もあり、特に目立つ家でもない。

行方不明になるおよそ一ヶ月前の七月六日、福美は夫を病院に送り出したあと、二時間くらい経った午前十時過ぎ、リビングのインターホンが鳴るのを聞いた。応答すると、ディスプレイにマスクと野球帽のような帽子を被った男の顔が映っている。「宅配便です」という明るい声が聞こえた。マスクに多少違和感はあったものの、その明るい声に安心したのか、福美は玄関に行き、すぐに施錠を解除した。

扉を開けると、背の低い男が立っている。福美は身長が百六十八センチと女性としては高く、男の目は福美の顎のあたりまでしかなかった。ただ、男の容貌については、それ以上の記憶はないという。

男は手に何も持っていなかった。福美は一瞬のうちに不安に駆り立てられた。「宅配便です」と告げた男が、配達物を手に持っていないのは、おかしい。それに、男の目は微妙に濁っていたという記憶がある。

「奥さん、きれいですね」

男は同じように明るい声で言った。明るい声を通り過ぎて、脳天に響くような金属質の声でもあった。男の目は、紺のジーンズにラズベリー色のTシャツという普段着の福美を凝視している。福美は全身を硬直させた。

しかし、咄嗟に扉を閉める判断力はかろうじて残っていた。さらに、内鍵を二重に掛けると、もつれる足でリビングに戻り、そこの固定電話で一一〇番した。およそ十分後、自動車警邏隊のパトカーが到着したが、そのとき男は当然のように姿を消していた。

この事件は浦和警察署の生活安全課が担当した。福美は夫にも話し、謙介も心配して福美と共に、何度か浦和警察署に足を運んでいる。というのも、この出来事からあと、福美は自分のあとを尾けるストーカーの影に脅えることになったのだ。

ただ、はっきりと顔を見たわけではない。スーパーや銀行で、あるいは、路上で信号待ちをするとき、家を訪ねてきた男と雰囲気が似ていると感じる人物の視線を断片的に感じることがたびたびあった。

福美はやがて夫と共に、忽然と姿を消した。二人の行方不明に最初に気づいたのは、福美の母親である。二人が行方不明になる前日の夜、母親は福美と電話で話していて、その日、銀座で買い物をする約束をしていたのだ。

だが、約束の午前十一時になっても、福美は待ち合わせ場所に姿を現さなかった。固定電話も携帯電話も通じない。福美に付きまとうストーカーのことも聞いていたため、母親は不安になった。謙介の勤務する病院とも連絡を取ったが、謙介自身がその日、無断欠勤していた。

午後十二時半過ぎに、母親は直接福美の自宅を訪ね、インターホンを鳴らしても応答がないのを確認した上で、福美から聞いていた浦和警察署の生活安全課に電話を掛けた。駆けつけてきた刑事が庭に入り込み、ガラス窓を割って、そこから手を入れて施錠を解除し、室内に入り込んだ。

三ＬＤＫのどの部屋にも二人の姿はなかった。ただ、浴室のバスタブの側面に、血液が付着しているのが認められた。この血液は後の鑑定で、夫の謙介のものと判明する。福美の血液は発見されなかった。また、普段福美が使っていたトヨタカローラが駐車場から消えていた。

この車は、二日後、意外なことに愛知県蒲郡（がまごおり）市の路上に乗り捨てられているのが発見される。車内にはやはり相当量の血痕が残されていたが、これも謙介のものだけだった。

「事件発生から、もう一年が経ちますが、捜査はあまり進捗（しんちょく）していないようですね。行方不明夫婦の妻のほうに付きまとっていた若い男のことも分かっていて、車などの物証もあり、血液も残っていたのだから、私は割に早く解決するんじゃないかと思っていたのですが」

「でも、僕にとって一番不思議なのは、そのストーカー被害を受けていた妻が自宅を訪ねてきた男の容貌を身長以外はほとんど覚えていないことなんです。いくらマスクを着け、帽子を被っていたからと言って、また、彼女が動揺していたからと言って、正面から見たはずの男の容貌についてほとんど記憶がないというのも少しヘンだと思うんですよ」

教室内には、僕と高倉以外は残っていない。高倉の講義を聞いていた学生はすべて教室から出ていた。その教室では、次の授業もないので、他の学生が入ってくることはない。

「それはそうです。だから、巷（ちまた）の週刊誌などが妙な憶測記事を書きたてるんでしょうね」

高倉の言う意味は、すぐに分かった。夫婦の行方不明直後、ある有名週刊誌が書いていた記事が頭に浮かんだ。堺田夫婦が行方不明になった当日の午後三時頃、福美が近くのスーパーから出てくるのを、堺田家の近所に住む主婦が目撃していたというのだ。

その主婦は福美とは顔見知りだったが、急いでいたので、声は掛けなかったという。しかし、週刊誌の記者にしつこく問われて、主婦は声を掛けなかった本当の理由を明かした。福美が若い男と一緒だった上に、その服装があまりにも予想外だったというのだ。

普段はいかにも医師の妻らしい上品な服装をしているのに、その日の福美は膝上二十センチほどの赤いミニスカートを穿（は）き、薄手の黒のストッキングを着けていた。上半身は白のTシャツだったが、胸元が極端にV字に切れ込んでいて、白いきれいな胸の隆起が覗いていた。

美貌とスタイルの良さもあって、それでもけっこう似合っていたとは言え、普段の気品のある服装とはかけ離れていた。実際、福美は恥ずかしそうにうつむき加減になって、頬を紅潮させていた。しかも福美の横には、若い男が寄り添うように歩いていたというのだ。そのため、男のほうをあまりじろじろ見るのは悪いという意識がその主婦に働いて、一瞬視線を向けただけだったから、背の低い若い男という以外はほとんど記憶に残っていない。

「妻が消費者金融からかなり金を借りていたとも言われています。また、近所の主婦のスーパー近くでの目撃証言を根拠に、福美が若い男から付きまとわれていたというのは福美の狂言で、夫の殺害計画を進めるための偽装だったという説もあるようですね」

それらはすべて、その週刊誌から仕入れたネタだったから、特別な情報ではない。自宅の浴室や蒲郡で発見された車の中に、夫の血液しか残っていないことも、そういう説を支持する有力な根拠だったのだろう。

「まあ、現在、警察が捜査中の事件ですから、軽々しいことは言えませんがね」

高倉は、講義のために持ってきた本や資料を黒い小型鞄に入れ、教室を引き上げる準備を始めた。僕も、そろそろ質問を切り上げるべきだと判断していた。

「しかし、もし狂言だとすれば、そんなに目立つ格好をして、近くのスーパーに出かけるという心理とは、少し矛盾しますよね。そういう共謀関係はできるだけ、外からは見えないようにしたいはずでしょ」

高倉がもう一度議論を蒸し返すように言った。

「ええ、それもそうですね」

僕は素直な学生を装って、同意した。

「まあ、犯罪というのは、分かってみれば意外な相貌を帯びていることがあるものですから、今の段階では警察の捜査を見守るしかないでしょう。しかし、目撃した主婦の話では、堺田福美がそのとき、赤面していたということは気になりますね」

「つまり、彼女は心ならずもそんな格好をさせられていた可能性があると――」

「ええ、それもまあ、推測ですがね」

そう言うと、高倉は話を切り上げるように教室の出入り口のほうに向かって歩き出した。

「先生、どうも有り難うございました」

僕も、高倉と共に歩きながら、明るい声で言った。もちろん、その日が秋学期の最終講義であることは意識していた。

「いいえ、どういたしまして。私も君のように熱心な学生がいてくれたんで、おかげで講義にも張りが出ましたよ」

高倉が微笑みながら言った。思った以上に、僕に対する高倉の好感度が高いのに、僕自身が驚いていた。

「僕、武藤義之と申します」

僕は教室の外に出ると、どさくさに紛れるように早口に言った。それまで、自分の氏名を言うことはなかったのだ。それから一礼すると、高倉とは反対方向に小走りに駆け出した。

この僕の作戦は、結果的に功を奏することになった。僕は、翌年の三月に行われた高倉ゼミの面接試験にともかくも合格したのだ。ただ、高倉ゼミに入ってから一ヶ月くらい経ったときに、僕が合格になった不愉快きわまる経緯を高木から教えられた。

「実は、君は最初の面接評価はよくなかったんだ。君が犯罪心理学や犯罪学に詳しいのはよく分かったんだけど、一部の女子学生からそういう『知識をひけらかし過ぎる』という批判が出てね。もちろん、俺は君が高校で後輩であることを言って庇ったんだけど、何しろ、うちのゼミは女子のほうが圧倒的に多くて、多勢に無勢でね。正直言うと、二十五人の応募者のなかの合格者十人に、君は最初は入っていなかったんだ」

高木はいかにも言いにくそうに、同時に意地悪な口調で言った。

「やっぱり、そうだったんですか。それでも、合格できたのは先輩が何とか頑張ってくれたからですか？」

僕は怒りを必死で隠して、いかにも人の好さそうな口吻で訊いた。

「まあ、それもあるけどな」

高木は僕に恩を売ることも忘れなかった。ただ、割と真剣な表情でさらに話し続けた。

「ところが、意外なことが起こったんだ。俺が応募者の名簿と事務に提出用の合格者の名簿を持って、高倉先生の研究室に行ったとき、君のことを訊かれたんだ。先生はそのとき、二つの名簿を見比べながら、『武藤君という学生は、どうして駄目だったんですか？』と訊いたんだよ。俺は仕方がないから本当のことを言った。すると、先生は『そういう基準はいかがなものか。彼は優秀な学生ですよ』って、言ったんだ。俺、すっかりビビっちゃってさ。あの先生はとても民主的な人で、学生が決めたことに口出しすることなんかほとんどないんだよ。だから、そんなこと言うのは、ほんとうに珍しいんだ。それに合否の決定権は、当然、最終的には教授にあるわけだから教授の意向は無視できず、結局、君を合格させたんだ」

「あとで、他の女子から文句は出ませんでしたか？」

相変わらず、冷静を装っていたものの、はらわたが煮えくりかえっていた。僕より学問的見識が遥かにない連中がらくらくと合格できて、僕がかろうじて合格する。そんな馬鹿なことがあるものか。

「俺が先生の意向を説明したら、誰も文句を言わなかったよ。そんなの当然じゃないか。みんな、高倉先生に気に入られたいと思っているからさ」

僕は高倉がそこまで強引に僕を合格させたのが意外だった。だが、僕が高倉ゼミに入り込めた理由なんか、どうでもいいのだ。これで、僕は千里に思うように迫れるフリーハンドを得たわけなのだから。

ゼミの授業では苛つくことが多かった。これほどの馬鹿がよくもそろったものだ。僕を除いたら、高倉が話す有名な事件をゼミ生の誰もが知らず、フロイト精神分析学の常識も身につけていない。

高倉は、僕たちから見れば過去の事件を例に挙げて、犯罪者の心理を分析した。弘前大学医学部教授夫人殺人事件。おせんころがし事件。吉展ちゃん事件。西口彰事件。一〇五号事件。大高緑地公園アベック殺人事件。小倉少女監禁事件。等々。

「栗田源蔵は、収監中の刑務所でも、寝小便の常習犯でした。これはフロイトの言う、母体退行と微妙な関係にあります。成人を過ぎても、栗田がなお幼児のような精神状態にあったことは確かで、寝小便はフロイトが臨床医として見ていた成人の患者がおしゃぶりをしていたという事実と対応します」

みんな目を白黒させて、高倉の講義を聞いていたことだろう。寝小便とおしゃぶり。それが精神分析とどういう関係にあるのだ。フロイト精神分析学の常識を知らない人間にとって、高倉が「おせんころがし事件」の栗田について語ったことは、ただの譫言のようにしか聞こえなかったはずだ。

こういう話になると、時折、質問したり、コメントを挟むのは僕だけだった。ゼミなのだから、そういう反応も当然なのだが、発言すればするほど、僕は孤立した。知識に対する嫉妬だ。

いや、嫉妬なら、まだましである。女子学生のなかには、そんな残虐な事件を詳しく知っている僕をむしろ馬鹿にしている雰囲気さえあるのだ。僕に言わせれば、そういう女子学生はスマホばかりいじっていて、本なんか一行も読まない人間のなれの果てだが、本人たちはまったく自覚していないのだから、始末に悪い。馬鹿につける薬はない、ということか。

だが、千里の反応は微妙だった。彼女がそういう馬鹿学生と違うことは認める。知性に対して、一定の敬意をはらうことができる女性ではあるのだ。

しかし、七月末のレポート提出のことで、千里はナーバスになっているようだった。私、メンタル弱いし。僕は千里の言った言葉を思い出した。同時に、淡い期待を抱き始めた。

というのも、千里はレポート提出に対する不安からか、僕に頻繁（ひんぱん）に接近してくるようになったのだ。千里の目当ては、明らかに僕の知識だった。そして、優（すぐ）れたレポートを提出して、高倉に認められれば、その先があるのを見ていたのは確かだろう。

高倉はテレビに頻繁に出演していたから、テレビ局のプロデューサーやディレクターに知り合いもいるはずだった。そういう連中に紹介してもらえれば、千里がテレビ局の入社試験に合格できる可能性だって出てくるのだ。僕は千里が高倉ゼミに決めた動機がようやく分かったような気がした。

マスコミ受験を標榜しているゼミだって、その合格者の数は知れている。特にテレビ局は途方もない競争倍率になるのだから、それも当然なのだ。だから千里は、一見マスコミへの就職とは何の関係もないように見える高倉ゼミに入って、高倉の個人的なコネでテレビ局への就職を決めようと考えたのだろう。賢いやり方だった。

僕はゼミが終わったあと、千里と食事さえできるようになった。

「武藤君、ちょっとレポートのことで相談があるんだけど」

「じゃあ、夜ご飯でも食べながら、話そうか」

僕は、さりげなく言った。もちろん、千里が断るのを恐れていた。

「うん、そうしようよ。私もお腹空いてるし」

意外だった。僕との食事を千里がそんなにすんなりと受け入れることは予想していなかった。

千里と食事をしたとき、僕は興奮状態だった。もちろん、千里との初めての食事だったということもあるが、そのときの千里の格好が予想外だったのだ。

千里は普段は清楚な雰囲気を重視していて、夏でも肌の露出が多い服装をすることは、ほとんどなかった。だが、その日は違った。かなり短い赤のミニスカートに、胸元が若干開いた薄ピンクのTシャツを着ていた。しかもかなり薄手の黒のストッキングを穿いていたのだ。

僕らは、大学近くにあるインド料理レストランに入った。千里が辛い物が大好きだと言ったからだ。

「そうなの。意外だね。実は僕もインド料理みたいな辛い料理が大好きなんだ」

大嘘だった。僕にとって、辛い物ほど嫌な物はない。太っているから、刺激の強い物を食べると、全身に汗が噴き出してくるのだ。特に、夏場はひどい。

千里はシュリンプカレーとナン、僕はチキンカレーとナンを注文し、二人でシェアするチキンティッカを一皿取った。

シェア。僕はこの言葉に全身が震えた。同じ皿に盛られた料理を互いに取り分ける。千里のフォークと僕のが一瞬でも触れ合う瞬間があれば、僕はそれだけで興奮するだろう。

さらに、まかり間違って、千里のフォークが少しでも触れたティッカを僕の口に運ぶことができればなおいい。実は、僕は千里が口の中に入れて咀嚼(そしゃく)した物を、自分の口に入れて、同じように咀嚼する妄想に取り憑(つ)かれていたのだ。

これは性的倒錯(パラフィリア)に分類される食物性愛(シトフィリア)の一種であることは分かっていたが、一部の説にあるように、僕はこういう性的嗜好(しこう)を精神障害とは見なしていない。好きな人間が口に入れた食物を自分の口にも入れたいというのは、人間としての当然の欲望なのだ。

だが、当てが外れた。運ばれてきたティッカには、取りわけ用の皿とともに、取り分け用のフォークも添えられていたのだ。余計なことをしやがって。僕は料理を運んできたインド人ウェイターの顔を見上げながら、心のなかで呟(つぶや)いた。

「ねえ、私、本当のことを言うと、前期のレポート、何を扱ったらいいのか、何も思い浮かばなくて困っているの。武藤君は何を書くつもりなの？」

前期レポートのテーマは、「犯罪対象としての職業」だった。犯罪者が強盗殺人などを行う対象として、どんな職業の人間を選択するのか、過去の具体的な事件を挙げて、犯罪者の心理を分析するという趣旨の課題だ。

「僕は一〇五号事件の古谷惣吉(ふるたにそうきち)を取り上げるつもりだよ」

「どういう視点で？」

「古谷は最悪の家庭環境に生まれて、一家も離散し、日雇いの肉体労働などで生計を立てていた。彼が殺害を認めている八人の被害者たちも道路沿いに小屋を建て、廃品を拾って生計を立てているような同じ生活レベルの人間がほとんどだった。実際、彼が強盗殺人で奪ったものは、小銭と飯だったんだよね。一九六五年の事件だから、高度成長経済の真っ只中の事件だったけれど、事件の中身そのものは、戦後間もない貧困時代の事件に近い。僕は古谷みたいな犯罪者が他人から金品を奪おうとするとき、被害者を自分の生活圏内からしか選ぶことができないことに焦点を当てて、分析するつもりなんだ」

「ふ～ん、面白そうな事件ね。どうせ強盗するなら、もっと金持ちを襲うほうが合理的なのに、なんでわざわざ裕福でない人たちをターゲットにしたかということが、テーマになるわけなのね」

　こう言ったものの、千里の表情には、それほど深い関心は浮かんでいなかった。それも当然だろう。そういう世界の加害者も被害者も、普段の千里の生活環境とはあまりにもかけ離れた人々なのだ。

「ねえ、他に何かない？　私でもできそうなの」

本音が出たと思った。だが、それも僕の計画通りだった。僕は意外に大きな千里の白く透けるような胸元に、濁った視線を向けたが、千里がそれに気づいたとは思えない。

「弘前大学医学部教授夫人殺しなんかどう？」

千里の表情が微妙に変化した。その意味はすぐに分かった。千里は東京都内の某国立大学医学部の教授の娘なのだ。千里が直接僕に向かってそう言ったわけではないが、僕は独自の調査をしていて、そのことを確認していた。

「どういう視点で分析すると、いいのかしら」

千里は一〇五号事件と同様、あまり乗り気がしない表情で言った。

「実は、この事件は有名な冤罪（えんざい）事件でね。最初に捕まった男が懲役十五年の刑を食らって、服役して刑務所から出てきたあとで、真犯人が名乗り出たんだよ」

「じゃあ、冤罪ってことをテーマにするの？」

「いや、事件の背景としては、冤罪のことも書く必要があるけど、それだけじゃあ犯罪心理学のテーマにはならないよ。やっぱり、動機に対する分析が必要でしょ」

「それは、そうよね。それで、動機は何だったの？」

「変態性欲だよ」

千里の表情が歪んだ。その目の奥に、まるで痴漢にあったような猜疑の色が浮かんだように見えた。それはそれで、僕には刺激的だった。

「それってどういう種類の？」

千里は周囲を気にするような小声で言った。しかし、店内はそれほど混雑しておらず、前後左右も空席である。

「その殺された医学部の教授夫人は、当時三十歳だったけど、近所でも評判の美人だったんだ。だから、犯人は夫人の寝姿を見るとか、何らかの性的いたずらを狙ってたんじゃないの。事件当日、夫は出張で留守をしていて、夫人は、夫人の母親と小さな娘と川の字に寝ていた。夫人の母親と娘は危害を加えられていないから、犯人に決定的な殺意があったというより、性犯罪に失敗して、偶発的に夫人を殺害してしまったというのが真相らしいね。あとで名乗り出た真犯人もそんな趣旨のことを言っていたと思うよ」

「でも、その事件が職業的なこととどう結び付くの？」

千里は次第に真剣な表情になり始めていた。幾分、興味を持ち始めたのか。僕はチャンスだと思った。どうしても、この事件について、千里にレポートを書かせたかった。千里が僕の悪意の陥穽に気づくはずがない。

「犯人は被害者の近隣の住民だったから、被害者が大学病院の医者の妻であることを知ってたんだ。そして、さっきも言ったように被害者は近所で有名な美人だった。この犯人の場合、一〇五号事件の犯人のように自分の生活圏内でしか犯罪の対象を見つけられない人間とは違って、逆に自分とはかけ離れた世界の人間を汚したいというサディズムがあったんだ。有名な医学部教授の美人妻を汚すことに性欲のはけ口を求めたと言える。矢野さんの場合、女性だから、僕のような男が書くより書きやすいんじゃないかな。女性の視点で、そういう変態性欲を分析すると、いやらしいという感じはなくなり、面白い心理分析になり、高倉先生の目も引きやすいと思うよ」

これが決め台詞だった。千里の目的は分かっている。まず、高倉に認められたいのだ。高倉が、テレビ局などに千里を紹介する場合、やはり容貌がいいだけでは駄目で、それなりの知性を示すことが必要だろう。

しかし、どこにでもあるような平凡な内容では高倉の目を引くはずもなく、ある種の意外性も大切なのだ。千里のようないかにもお嬢様然とした美女が犯罪の動機として変態性欲を取り上げるのは、確かに意表を衝いているはずである。

「それもそうね。やって、みようかしら」

罠に嵌まった！　僕は心の中で叫んだ。

「でも、武藤君、ある程度書いたら、チェックして、直してくれないかしら」

千里は少し言いにくそうにしてから、恥じらうように言った。思わず笑みがこぼれそうになるのを必死でこらえた。

「直すなんてとんでもない！　矢野さんのほうが、きっと僕よりセンスがあると思うし」

「そんなこと絶対ないわ。それに、私、メンタル弱いし」

千里は意外なほど必死だった。それほど高倉に認められたいのか。僕は、そんな千里に憎しみを覚えながらも、優しい口調で言った。

「直すなんておこがましいけど、アドバイスならできるよ」


研究室に入ると、高倉が微笑みながら僕を迎えた。秋学期の最初の授業が始まる前の、オフィス・アワーの時間帯に呼び出されたのだ。

僕は地味な焦げ茶のソファーに座るように勧められ、高倉と対座した。

「実は、今日は春学期のレポートのことで、君に訊きたいことがあってね」

「僕のレポート、何かまずいことがありましたか？　確かに、あまり自信はないんですけど」

僕は謙虚を装って訊いた。同時に、自分自身の軽い胸の鼓動を聞いていた。

「とんでもない。君のレポートは完璧だったよ。私がAプラスの点を付けたのは、君のレポートだけですよ。素晴らしい内容だった」

高倉の表情から微笑みは消えていなかった。だが、逆に僕は不吉な予兆を募らせた。

「僕が訊きたいというのは、別のレポートのことでね」

高倉は立ち上がった。窓際のデスクの上に置いてあったA４判のコピー用紙の束を取りに行き、再びソファーに戻ってきて、それを僕の目の前に置いた。


加害者と被害者の職業的相関性――弘前大学医学部教授夫人殺人事件の場合――


タイトルに続いて、学生番号と矢野千里という氏名が僕の目に飛び込んできた。

「これは矢野さんのレポートですか？」

僕は、若干（じゃっかん）、声を震わせて訊いた。もちろん、演技だ。

「ええ、そうです。これを君に見せることについては、すでに矢野さんから許可は取ってあります」

高倉はこう言うと一呼吸置いた。僕は無言だった。高倉はさらに言葉を繋いだ。

「というより、君自身がこのレポートの内容をよく知っていますよね。——ご存じのように、今大学ではplagiarismの撲滅に力を入れています」

すぐにピンと来た。だとすれば、目論見通りに事は進行している。

プレイジャリズムとは、「剽窃」を意味する。いや、もっと身近な学生言葉で言えば、「コピペ」のことだ。レポートを提出する際、学生はネット検索で調べた他人の文章を適当に繋ぎ合わせて、さも自分が書いたような顔で提出することが多い。

しかし、僕の大学ではこういう行為に対して大学側は厳しい姿勢を打ち出しており、それを試験の際のカンニングと同等の行為と見なすことを宣言していた。実際、それで処分された学生も出ているのだ。

「もちろん、レポートを手伝ってあげることは、プレイジャリズムとイコールではありません。しかし、それがあまりにも極端な場合、つまりほぼ代筆に近い場合、限りなくプレイジャリズムと等しくなってしまう」

僕は心のなかで歓喜の声を上げた。計画の成功を確信した。

高倉は「すでに矢野さんから許可は取ってあります」と言った。ということは、高倉はこのレポートのことで千里に面談しているはずだ。僕は、真っ赤になってうな垂れる千里の顔を思い浮かべた。

それだけで興奮した。僕の変態性欲は、たぶんに、サディズムと関連しているのだろう。千里のように美しく気品のある女に、のっぴきならない恥を掻かせて、周章狼狽する姿を見たいという願望が僕には常にあったのだ。

今度の場合、実際にその場に居合わせることはできなかったが、想像するだけでも十分に刺激的だった。僕は、千里が高倉の前で泣く姿を思い浮かべた。

「しかし、僕は矢野さんに意見を求められて、こうしたほうがいいんじゃないかという程度のアドバイスはしましたが、それ以上のことは――」

僕は千里を庇っているふりをした。しかし、そんなことを高倉が信じるはずがないのは分かっていた。

「そうでしょうか？　それにしては、その程度のアドバイスだったとは思えないほど、君の提出したレポートと矢野さんのは、異常に酷似している印象を与えるのは何故でしようか？　扱っている事件が違っているにも拘わらず――」

　高倉がそう言うのは、当然だった。僕は三回ほど千里のレポートを見てやり、細部に至るまで修正を加えていたのだ。実際、千里のレポートはひどいものだった。ネットから丸写しにした部分も多く、あれを提出していたら、かえってプレイジャリズムの疑いを掛けられても仕方がないほどだったのだ。僕は、それをほとんど僕独自の文に書き換えていた。

　僕はうな垂れた。その姿勢で偽りの降伏を宣言したつもりだった。

「申し訳ありません。しかし――」

　僕は口ごもった。

「しかし？」

　高倉が促した。

「どうして分かったんでしょうか？　僕としては、できるだけ自分のレポートとは文体的にも内容的にも違って見えるように工夫したつもりだったんですが」

　この発言は、千里にもっと致命的な打撃を与えるのが目的だった。千里はおそらく、高倉の前でアドバイスを受けている内に、僕の意見が入り過ぎてしまったというような言い訳をしたことだろう。だから、僕は逆に代筆も同然の状態だったことを暗に仄めかしたのだ。

「確かに、君がそういう工夫をしているのは、分かりました。それでも、自分の文章の癖を直すのはなかなか難しい。君のレポートには、『他ならない』という表現が五回、矢野さんのには、六回出ています。『にも拘わらず』も二つのレポートに、三回ずつ出ています。それに矢野さんのレポートには故意の誤りがあった」

故意の誤り。ぎょっとした。高倉の顔から笑みが消えていた。

「君の記述スタイルは、細かくしかも正確だ。実際、今回の一〇五号事件に関するレポートも、実に丹念に調べられていて、少なくとも私が発見できるミスは一つもありませんでした。しかし、弘前大学医学部教授夫人殺しに関するレポートには、あまりにもあからさまなミスがあります。レポートの骨子は次のようなものです。犯人は被害者宅の近くに住んでいて、被害者のことをよく知っていた。従って、大学病院の教授夫人であり、美人で評判の高い、高貴なる教授夫人を汚そうというサディズム的な性的嗜好性から、犯人は覗きのような痴漢目的で被害者宅に侵入したが、被害者に気づかれ、殺人に及んでしまったというものです。つまり、加害者にとって、被害者の美しさと同じように重要だったことは、夫の職業だったという視点から、論じられているわけです。しかし、ご存じのように、これは冤罪事件で後に真犯人が現われます。ここで問題なのは、近隣に住んでいたため、被害者の置かれている環境をよく知っていたのは、冤罪を掛けられた男のほうであって、真犯人は被害者について何の情報も持っていなかったということなのです。真犯人の場合、痴漢目的で侵入した家に被害者がたまたま住んでいただけだったのです。そうだとすれば、矢野さんが書いていることは、いや、君が書いていることは、根底から論理が崩れることになる」

高倉はここで言葉を止めた。ここまでは依然として、僕の目論見通りとは言えたが、高倉がその先を読んでいることも明らかだと思えた。

「しかし、君がそんな大きな誤りをうっかり犯すとは思えない。だから、そこに故意が働いたと考える他はありません。君の口癖で言えばね」

高倉は皮肉な笑みを浮かべた。

「どうして僕がそんな誤りを故意に犯したとお考えなんですか？」

僕はあくまでもさりげない口調で訊いた。

「彼女に恥を掻かせたかったのではないでしょうか？　矢野さんがレベルの低いレポー

トを提出して、私に叱責される姿を想像して、君は興奮していたのかも知れません。それは俗っぽく言えば、好きな女の裸を見たいという心理と似ているのでしょうが、君のはもう少し歪んだ、複雑な心理だったのでしょうね」

高倉が気づいているのは、これだけか。もしそうだとすれば、勝敗で言えば、僕の勝ちだ。僕は発言せず、それを確かめるために高倉の次の言葉を待った。

「でも、このことが今日の本題ではありません。私にはもっと危惧していることがあるのです。これについては、私は自分の想像が外れていることを願っていますが」

高倉は幾分、沈んだ口調で言った。

「それは何です？」

僕は挑むように言った。全身の筋肉が緊張し始めていた。

「君が何故、弘前大学医学部教授夫人殺しを矢野さんに書かせようと誘導したのか、その動機が気になるんです。さいたま市の夫婦失踪事件についても、昨年の『犯罪心理学入門』の最後の授業で、君がいつものように質問に来たとき、私は妙な違和感を覚えていました。君はあの事件について、福美が男の体型さえ覚えていないのは不思議議だと強調していましたね。実際、私もかなり細かく新聞や週刊誌で関連記事を読んでいましたが、確かに犯人の容貌や体型については身長が低いという以外はほとんど出ていません。ですが、君がそのことについて、そんなにこだわるのが異様に感じられたのです。そこで、私は妙な空想を巡らせたのです。いや、この時点では妄想と呼んでいいかも知れない。警察は、被疑者の容貌や体型についての情報を持っているのに、あえて伏せていることを君は疑っているのではないかと。実際、そういうことはよくあるのです。この事件の場合も、マスクを着け帽子を被っていたと言っても、福美は一度正面から犯人を見ていますから、顔はともかく犯人の体型についての具体的証言がまったくないのは確かに不自然です」

「しかし、あの事件の場合、スーパーから福美が若い男と一緒に出てきたのを近くの主婦に目撃されていますね。警察だけではなく、週刊誌の記者もその主婦からいろいろと聞いていますから、容貌や体型についてその主婦が何か言っていれば、当然それは週刊誌にも載ったはずでしょ」

「その通りです。ですから、その主婦は男については、身長と若いという以外はほとんど何も覚えていなかったのです。福美の服装に関心が行っていた上に、連れの男を見ることに罪悪感があったと考えると、それもあり得ると思いますよ」

僕は無言だった。未だに高倉の出方を見定めることができない。高倉は話し続けた。

「さいたま市の夫婦行方不明事件と弘前大学医学部教授夫人殺しは、被害者の妻の夫が、医者であるという点が共通しています。もちろん、さいたま市の事件は未解決ですから、夫婦が殺されているとは断定できませんが。その上、君もご存じとは思いますが、矢野さんのお父さんも医学者なんです。つまり、これら三つの事柄は、医者というキーワードで、結びついています。そして、君はこれら二つの事件と矢野さんに高い関心を示している。ですから、私には、君が私に対して、何かシグナルを送っているように感じられるんです」

ここで高倉は、いったん言葉を止め、僕をじっと見つめた。僕は視線を逸らした。確かに、僕は高倉にシグナルを送っていた。だが、認めたくはない。再び、高倉が話し始めた。

「これはあくまでも一般論ですが、自己顕示欲の強い犯人の中には、捜査当局にヒントの証拠品を送りつけて、俺を捕まえてみろ、と迫る者がいる。今度の場合、物証というより状況証拠ですが、私は犯人の私に対する挑発を感じるんです。うちのゼミ長の高木君の話では、ゼミ面接の際、一部の女子学生たちが、君が『知識をひけらかし過ぎる』

と言って、ゼミに入ることに反対した者がいるそうです。こういう意見の正否はともかく、これも言葉を換えると、君の自己顕示欲の強さの指摘とも解釈できます」

「じゃあ、本当は四年生たちとの面接では落ちていた僕を、先生の権限であえて拾い上げて、ゼミに入れてくれたのも、僕のことをもっと調べようという意図があったんですね」

　僕は不意に怒気の籠もった声で、言い放った。確かに怒りはあったが、本当の怒りはもっと別の部分にあった。

「いや、それは違います。犯罪心理学や犯罪学に関する君の知識も見識も実際、飛び抜けていた。ですから、君を不合格にするのは、あまりにも公平性の原理に反するように思われたのです」

「でも、とにかく先生は、僕がゼミに入る前から、僕のことを疑っていた？」

「いや、それも違います。実際、私は君がゼミに入ってきたあとでも、確信は持てませんでした。ところが、事態は思わぬ展開を遂げたのです」

　今年の六月に入って、埼玉県警の刑事が突然、高倉を訪ねてきたというのだ。その刑事は、堺田夫妻の家の防犯カメラに映っていた男の写真を見せて、それが僕であるかどうか、確認した。しかし、マスクを着けた表情では、高倉にもその判断は難しかった。

「どうして僕が疑われたのでしょうか？」

僕は引きつった声で訊いた。すでに余裕を失っていた。

「それを言う前に、まず君にこれを見てもらったほうがいいかな」

高倉は再びソファーから立ち上がり、デスクに移動し、上段の引き出しからやはりA4判のコピー用紙の束を取り出し、戻ってきた。僕は目の前に置かれたその束の表紙を凝視した。

少年犯罪の悲劇——大高緑地公園アベック殺人事件における加害者たちの心的相互作用——

やはり千里の氏名と学生番号がタイトルの下に書かれていた。僕は必死でこの意味を考えた。高倉から、代筆の可能性を指摘された千里が反省と謝罪の意味を込めて、新しいものを書き直して提出したとも解釈できる。

「言っておきますが、このレポートはきちんと締め切り期限を守って、私に提出されたものです。もっと言えば、さっき君に見せた弘前大学医学部教授夫人殺しのレポートは、課題レポートとして私に提出されたものではなく、ある目的をもって、私の参考資料として、矢野さんから私に提出されたものなのです」

僕は顔面蒼白だったに違いない。罠に嵌まったのはお前のほうだと誰かが囁（ささや）いていた。

「堺田福美の旧姓が、矢野福美であることは君もご存じですよね」

僕は無言だった。しかし、この際の沈黙は高倉の言葉を肯定したも同然だった。

「つまり、福美さんは、私たちが知っている矢野千里さんのお姉さんです。ついでに言うなら、福美さんと一緒に行方不明になっている旦那さんは、某国立大学医学部の教授である千里さんのお父さんの教え子です。もっとも、こんなことも君はすでに完璧に調べ上げているでしょうがね」

確かに千里のことも、千里の家族のこともすべて調べ尽くしていた。千里の自宅にも行き、いわば現地調査も行っている。しかし、そういう姿を千里に悟られないように、僕は万全の注意を払っていたつもりだ。

「矢野家の家族を調べている内に、君は福美さんを知り、福美さんにも惹（ひ）かれるようになった。それは君の関心が千里さんから福美さんに移ったというより、姉妹二人に対する集合的関心だったというほうがいいかも知れません。もちろん、私も最初から決定的な何かを感じていたわけではありません。さいたま市の夫婦行方不明事件に関する君の関心が個別的なものを含んでいることに、奇妙な違和感を覚えているという程度だったのです。そんなとき、四月になって矢野さんが新しい三年生として、君と一緒に私のゼミに入ってきました。そして、学期が始まるとすぐに、矢野さんはオフィスアワーに私の研究室にやってきて、突然謝罪したのです」

「謝罪?」

僕は思わず訊き返した。

「そうです。自分が高倉ゼミに入った理由は不純であることをはっきりと認めたのです。そのとき彼女は、初めて行方不明になっている姉夫婦のことを私に話しました。私ももともと興味を持っていた事件だったので、この偶然には驚きました。いや、これは偶然とは言えないのかも知れない。何しろ、彼女の目的は君と同じゼミに入ることだったのですから」

ばかな。僕は心の中で呟いた。だとすれば、僕が彼女と同じゼミに入ろうとして苦労した努力もすべて無意味だったことになる。僕がどこのゼミに入ろうと、千里もそのゼミを選択したはずなのだから。ついでに言えば、テレビ局に入りたくて千里が高倉ゼミを選んだということも、僕の邪推に過ぎなかったことになるだろう。

「言いにくいことですが、彼女は君のことを調べたかったのです。さいたま市の事件は犯人の視点から見れば、完璧に近いものでした。豊富な物証があるように見えて、決定的な証拠は何一つ残していない。蒲郡市に乗り捨てられていたトヨタカローラも警察にとっては最重要な遺留品だったことは確かでしょうが、それからさえも警察は犯人を絞り込む証拠を手に入れることができなかったようです」

「それにも拘わらず、防犯カメラに映っていた男の顔が僕かも知れないと警察はなぜ疑っているのですか？」

僕は乾いた声で訊いた。

「千里さんです」

そう言うと高倉は一瞬、沈黙した。それから、再び喋り始めた。

「彼女は本能的に、自分の姉の身に起こっていることと、君が無関係でないことを感じていたのです。そして、彼女の疑いを決定づけたのは、彼女に対する君の発言でした。

君は彼女に対して、『矢野さんは、マスコミ関係のゼミ？』って訊いたそうですね。彼女はとても驚いたようです。なぜなら、そういう希望を彼女は学内のどんな親しい友人にも話しておらず、お姉さんの福美さんにしか話していなかったからです」

ここで、高倉はもう一度言葉を止めた。僕の言い訳を待っているような態度だった。だが、僕は無言だった。額に滲(にじ)む汗を意識していた。

「しかし、彼女は長い間、そのことを誰にも話すことができなかった。両親や警察にさえ。それは心理的には因果関係の錯誤と呼んでいいものだったのかも知れません。つまり、千里さんは、姉夫婦の事件が起こったことによって、君の存在が気に掛かり出したという意識からなかなか抜け出せなかったのです。姉夫婦の行方不明事件をAという記号で表し、君をBという記号で表すと、A→(の結果)Bという数式が成立します。しかし、こういう思考方式には常に自分の考えが妄想ではないかという不安が付きまといます。自分の身内に起こった異常な事件によってノイローゼ状態に陥(おちい)り、身近にいる、ただの事件好きに過ぎない同級生を疑っているのではないかという不安から逃れることができなくなるからです。しかし、この事件のことで私に相談に来た千里さんに、私はこの因果関係の錯誤の話をして、さきほどの数式で言えば、B→(の結果)Aとは考えられないかという示唆を与えたのです。すなわち、君が原因で、姉夫婦の行方不明事件が発生したと考えれば、AとBの間にはきわめて合理的な結びつきが成立していることに気づくはずです。実際時間的に見ても、君と千里さんは、行方不明事件が起こる前から知り合いだったわけですから」

千里は、当然、姉夫婦が行方不明になった直後に、福美の自宅の防犯カメラに映った男の動画を警察から見せられていた。そのとき、マスクを着け、帽子を被っている宅配便の配達を装った男の体型についても、千里は警察から説明を受けていた。

福美は、以前に生活安全課の女性警察官に「男は背が低く、ずんぐりむっくりの体型だった」と述べていたというのだ。ただ、行方不明事件が発生したあとは、捜査本部は捜査の都合上、この事実をあえて伏せていた。千里はそのときも僕に似ているという意識が一瞬過ったものの、妄想に違いないと自らに言い聞かせたという。

「しかし、千里さんは、私とそういう話し合いをしたあと、捜査本部に行き、もう一度防犯カメラの動画を見せてもらったようです。すると、今度はその印象がまったく違った。最初に見たときと違って、最近ではレポートのことで千里さんは君と頻繁に会っていましたから、君のちょっとした動作の特徴にも敏感になっていたんです。長い時間を掛けて、何度もその動画を見せてもらい、それが君であることは間違いないと確信するようになったそうです。その結果、私の所にも確認の意味で警察がやって来たわけです」

「ということは、あの女は僕と会うたびに僕の反応を観察し、そのことをいちいち先生に報告して、意見を求めていたのですか？」

僕は爆発寸前だった。怒りのマグマが体内でふつふつと沸き立っていた。

「その通りです」

高倉は僕の怒りを正面から受け止めるように断言した。

「そんな危険な行為をどうして許したのですか？　先生なら、僕の危険性に十分に気づいていたはずだ」

僕は投げ出すように言った。高倉の全身に、緊張感が漲ったように思えた。僕が追い詰められて逆上し、高倉に襲いかかることを警戒しているようだった。おそらく、僕の態度に、すべてを見破られた人間の焦りと動揺を感じていたのだろう。だが、僕はそれほど冷静さを失っていたわけではない。高倉でも僕の究極の狙いを見抜けるはずがないと思っていたからだ。

「いや、私は何度も止めましたよ。だが、彼女はお姉さんを無事に救い出したいという気持ちが強く、聞いてくれませんでした」

高倉は、若干、言い訳がましく言った。僕はあえて興奮状態を装って、まくし立てた。

「いつだったかレストランで、彼女が赤のミニスカートと薄ピンクのTシャツを着て、行方不明前の福美に似た服装をしていたのも、僕を刺激して、反応を見たかったんでしょ。実際は、福美のTシャツは白でしたが、すべて一緒にすると、僕に気づかれることを警戒したんでしょうね。しかし、そんな細かい芸も僕には通じませんよ。僕はそんなことにはとっくに気づいていましたから」

「ほうっ、そうなんですか？」

高倉は落ち着いた口調で言った。特に嘲（あざけ）るような調子でもなく、本当に訊いているような口調だった。だが、これは僕のはったりだった。僕は本当は千里に夢中になるあまり、そんなことにはまったく気づいていなかったのだ。

「そうですよ。そもそも僕は、自分の犯罪がばれるかどうかなんて、どっちでもよかった。いや、むしろ、僕はばれることを望んでいたくらいなんだ。みんな僕の顔と体型から、神経の鈍いお人好しと思いがちだから、僕はただ自分が冷血な殺人鬼であることを証明したかっただけなんですよ。誰も僕の憂鬱を理解していなかった。先生がいつか授業で話していたローウェル・リーと同じなんです。ただ、僕が死ぬとき、僕の好みの美人姉妹を道連れにできたら、なおいい。だから、高倉先生、この勝負を自分の勝ちなどとは思わないでくださいよ。少なくとも、引き分けですよ」

「引き分け？」

「そうです。レポートに関する僕の奸計を見抜いたのはさすがです。それに、僕がさいたま市の夫婦行方不明事件の犯人であることも、見抜いておられるようですから、その点についても犯罪心理学者としての能力は認めますよ。こうなった以上、千里を殺すのは諦めざるを得ませんが、姉のほうはさんざん玩具にして殺したから、まあいいかなってとこですよ。引き分けって言うのは、そういう意味です」

「それでは、行方不明のお二人が今、どこにいるかを教えてもらえますか？」

高倉は、僕の挑発的な発言にはいちいち反応せず、厳粛と言っていい表情で訊いた。

「二人とも、上尾市にある僕の母親の家の床下で眠っていますよ。五年前に母親が病死し、他に家族もいませんので、僕がその家を相続したのですが、僕は大学に通うのに便利な中野のアパートに住んでいるため、あまりその家に帰ることはないんです」

それから、僕は落ち着いた口調に戻って、起こったことを高倉に話し始めた。

僕が福美を襲ったのは、彼女が自宅から車で外出するため、カローラに乗り込もうとしていた瞬間だった。僕は出刃包丁を突きつけ、彼女を車の中に押し込め、用意していた服に着替えさせた。それから福美に運転させて、スーパーまで行き、買い物をした。

近所の主婦に目撃されたのは、おそらく福美を連れて、スーパーの駐車場に戻るときだったのだろう。僕の目論見通りだった。僕は、そういう姿を知り合いに目撃させて、福美に若い男がいて、その男と共謀して夫を殺害したというシナリオを頭に思い描いていた。福美にそういう服装を強制したのは、本当は彼女があばずれ女だったというイメージを与えるためだ。

ただ、内心ではそんな話を他人(ひと)が信じるはずがないとも思っていた。同じ若い男でも、僕がイケメンの長身痩軀だったら、十分にそんなシナリオも通用したことだろう。

ところが、いくらマスクを着け、帽子を被っていたとしても、僕の無様(ぶざま)な体型は覆い隠しようもないのだ。福美の飛び抜けて優れた容姿を考えると、そんなシナリオはどう見ても無理筋だった。

しかし、偶然は思った以上に、僕に味方した。まず、その目撃証人である主婦がぼんくらで、若くて背が低いという以外は、僕の容貌や体型をほとんど覚えていなかったのだ。それと、福美が夫に内緒で消費者金融から借金をしていたことも明るみに出て、一部の週刊誌で福美に対する疑惑が囁かれたのも事実だった。

僕は再び、車を福美に運転させて、福美の家に戻った。そこで福美を犯し、さんざん弄んだ。そのあと、福美を用意していたロープで縛り上げ、押し入れに閉じ込めたのだ。家のすべての明かりを消し、夫の帰りを待った。

夫が帰ってきたのは、夜の十時過ぎである。リビングに入ってきた夫が明かりを灯したところで、僕は背中から出刃包丁を突きつけ、真っ青になった夫を浴室まで無理矢理に連れていった。僕は浴室内で夫を滅多刺しにして、絶命させた。

僕もひどい返り血を浴びたから、僕はシャワーを浴びた。衣服を着たまま横たわる死体にも大量の水を掛け、バスタオルで体を覆って、車まで運び、後部トランクに押し込めた。

「僕は夫を殺したあと、上尾の家で福美としばらく一緒に暮らし、もう少し福美の体を楽しむつもりでした。しかし、そう上手くは運ばなかった。押し入れの中で、夫の叫び声を聞いていて、夫が殺されたことを悟った福美は、恐怖とショックで泣きわめき始めたんです。僕は仕方なく、縛っていたロープを使って、福美を絞殺しました。もちろん、刺殺ではなく絞殺を選んだのは、福美がまだ生きていると警察に思わせる余地を残すためです。僕はその夜、二人の死体を上尾の家の床下に埋めた。翌日には、車で蒲郡市に向かい、路上にカローラを乗り捨てた。僕に言わせれば、完璧どころか、けっこう杜撰（ずさん）な犯行だった。隠蔽しようという気はなく、むしろ、僕の犯罪を世間に知らせたいというような心境だったから、それでもいいと思っていたんです。ところが、無能な警察の捜査は僕の所には一向辿り着かず、僕は第二の犯行を考え始めたんです。犯罪心理学者で、警察からも信頼されている先生にいろいろと僕の犯行を暗示するシグナルを送ったことは事実ですよ。同時に、千里をゆっくり時間を掛けて料理するつもりだったんですがね」

僕は不意に思い出したように、目の前のソファーに座る、高倉の端整な顔を見つめた。それから、僕は立ち上がり、皮肉な笑みを浮かべて訊いた。

「先生、これだけの行為をして、二人の人間を殺しているのだから、僕は確実に死刑でしょうね」

僕は高倉の隙を突いて、外に飛び出すつもりだった。僕にはまだやらなければならない最後の仕事が残っているのだ。

「いや、そうとも言えないかも知れませんよ。殺したのが二人ではなく、一人だけだとすれば、現代の裁判では、死刑を免れる可能性は高い」

「馬鹿な！　どうしてそんな風に考えるんですか？」

僕は嘲るような口調で言った。ここに来て、ようやく敗北という言葉が浮かんだのだ。高倉もその言葉に反応するように、ゆっくりと立ち上がる。それは僕が扉に向かって突進するのを防ごうとしている動作にも見えた。しかし、高倉はあくまでも冷静に話し始めた。

「一つには、君が妙に福美さんも殺したことを強調するのが不思議なんです。それに、さきほど君が引き分けと言った言葉も気に掛かるんです。君が二年前に福美さんを殺しているとすれば、その段階では私は事件に関わっていないのだから、私のせいで千里さんを殺せなかったことを一敗と認めて、姉の福美さんを殺したことを一勝とする星取り勘定にはあまり意味がない。私が事件に関与しているときに、福美さんを殺せば、はっきりと一勝をあげたことになり、それで引き分けに持ち込めたと言えるんじゃないでしょうか。そして、今、君は立ち上がり、私を突き飛ばしてでも外に脱出しようと考えているように見える。だから、私はむしろ淡い期待を抱いているんです。君は上尾にある実家の床下に二人の死体を埋めたと言った。旦那さんの死体については、おそらく本当でしょう。しかし、福美さんは、たぶん、中野にある君の自宅アパートで未だに監禁されて、生きているのではないでしょうか。妹がマスコミ希望だということも、そういう生活のなかで君が姉から聞き出した情報なのかも知れない」

僕は奇声を上げながら、高倉に体当たりした。高倉が後方によろめいた隙を突いて、扉に突進した。ノブをぐいと捻り、扉を押し開けた。廊下には誰もいない。

僕は呆然として、外に出るのを思い留まった。警察官が、すでに高倉の研究室を包囲しているような錯覚に襲われていた。だが、誰もいないことによって、かえって高揚した気分が一気に冷却したのだ。

「どうしたんですか。君は私の研究室の外には多くの警察官が待ち構えていることを想像していたんですか？　ご心配には及びませんよ。私は、今日、君を呼び出すことを警察には知らせていません。ただ、私は君の良心に祈るような気持ちで問い質したいんです。福美さんは、生きているんですね」

僕は力なくうなずき、扉を閉じ、ソファーに戻ってへたり込むように座った。高倉の声が遠くで、聞こえた。

「それは君にとっても、幸運なことですよ。まず、君は病を治さなければならない。それから、新たな人生が始まるのです」

新たな人生。そんなものがあるはずがなかった。僕はあの高貴なる美人姉妹を二人とも仕留め損ねたのだ。僕はうつろな目で、立ったまま僕を見下ろす高倉の顔を見上げた。

# 悪意の陥穽

Revenge

ある女の顔が浮かぶ。真城康子（まきやすこ）。この氏名を思い出すだけで、私の体は震える。

康子と私は高校時代の同級生だった。私たちは県内有数の進学校に通っていた。

私の志望大学は東京藝術大学（とうきょうげいじゅつだいがく）だった。私は幼少の頃からピアノを習っており、すでに国内のピアノコンクールで何度か優勝していた。

両親は二人とも、ある有名交響楽団のメンバーだったことがある。父親は、トロンボーン奏者で、母親はフルート奏者だった。両親がやっていた管（かん）楽器ではなく、鍵盤（けんばん）楽器であるピアノを選んだのは、私自身の意思だった。

もちろん、子供の頃の選択だから、それほど立派な理由があったわけではない。ただ、その他大勢の一つになりやすい管楽器より、ピアノのほうが独占的な注目を浴びることは、子供心にも意識していた。私は、間違いなく自意識過剰の少年だったのだ。

その自意識が災いしたのか、中・高時代を通じて、友達はほとんどいなかった。中学校の頃から、週に一度のペースで毎土曜日に、東京に住む日本では一流とされるピアニストの所にレッスンに通っていた。だから、私の生活の中心は、学校にはなくピアノのほうにあった。平日でも授業が終わると、クラブ活動はさぼってすぐ家に戻り、ピアノ漬けの生活を送っていたため、友達などできようがないのだ。

それに、私の性格も問題だったのだろう。自意識過剰な上に、孤独癖も強く、周り(まわ)の生徒から見れば孤高(ここう)の人、あるいはもっと非難がましい表現を使えば、傲慢(ごうまん)な人間とも映っていたはずである。

容姿は、控えめに言っても悪くなかった。一八〇センチを超える長身で、やせ形だったが、顔の造形は美人の母親とよく似ていると、子供の頃から親戚連中にたびたび言われていた。高校の頃、通学途中に近くを通る、女子校の生徒から声を掛けられたことも、何度かある。だが、私はすべて無視した。

もちろん、思春期だったから、女性に興味がなかったわけではない。だが、プライドの塊のようだった私が高校時代に関心を抱いた女性は、ほとんどいなかった。康子は唯一の例外だったのだ。

私は高一の頃から、自転車で通学する康子の姿をよく見かけていた。私はバス通学だったが、最寄りのバス停でバスを降りた私の脇を、自転車に乗った康子が通り過ぎていく。明るいグレーの制服姿で、ペダルをこぐ白い脹脛(ふくらはぎ)と太股(ふともも)が私の網膜に刹那(せつな)の残像を刻んだ。

清楚な印象の顔立ちだったから、その不均衡は妙に艶(なまめ)かしく、刺激的だった。性欲と恋情(れんじょう)が、私の心に立ち上がった。

だが、私と康子は高一のとき、同じクラスではなかったので、口を利(き)くチャンスはなかった。私は、一年間、その白い脹脛と太股の幻影に悩まされながら、眠れぬ夜を過ごした。

高二になるとつきが巡ってきた。私と康子は同じクラスになったのだ。だが、私はけっして自分から、女子生徒に話し掛けるタイプではない。

私は高校の中では、ある種の有名人だった。私がピアノコンクールで何度か優勝していることは校内に知れ渡っており、担任教師に頼まれて、入学式や卒業式の校歌の際、ピアノの伴奏を務めることもあったからだ。

自分から女子生徒に話し掛けるなど、プライドが許さなかった。従って、同じクラスになっても、私と康子は三ヶ月ほどは、口を利くこともなかった。

だが、ある日の朝、バス停に降り立った私の耳に「おはよう」という、幾分緊張した声が聞こえた。その一瞬、私の脇を自転車が通り過ぎる。康子だった。康子が、私に向かって、朝の挨拶をしてくれたのだ。突然、人生に光が射したように思えた。しかし、動揺した私は返事を返すこともなく、康子の背中を見送った。

初夏の頃の昼休み、教室のベランダに出て、明るい日差しの中で一人外の風景を眺めていた私に向かって、康子が話し掛けてきた。

「ねえ、吉川(よしかわ)君、『革命のエチュード』って曲、難しいの?」

私は康子のほうに振り返った。幾分、紅潮した顔が、恥ずかしそうに私を見ていた。

「革命のエチュード」。ショパンの曲だ。正式な曲名は、練習曲ハ短調作品10—12。

「うん、ピアノ曲のレベルとしては、難易度はかなり高いよ」

私は康子の緊張を解(と)くように、優しい笑顔を浮かべて答えた。

今、思い返してみると、あの会話は運命的だった。私は予定通り東京藝大に進んだが、二年で中退し、オーストリアのウィーン国立音楽大学に入り、卒業後三年でポーランドのワルシャワで開かれたショパン国際ピアノコンクールで第三位に入賞した。そのときに決勝で演奏した曲が、「革命のエチュード」だったのだ。

「真城さんも、ピアノを弾く(ひ)の？」

私の質問に、康子は一層、顔を紅潮させた。

「ダメよ。私のピアノなんか、吉川君のに比べたら、ピアノやってますなんて言えないもの。せいぜい、『猫踏んじゃった』のレベルよ」

康子は、動揺を露わにして、早口で言った。その素朴な反応は、私にはいかにも好ましいものに見えた。

「そんなことないよ。でも、クラシックでは、どんな曲が好き？」

私の質問に、康子は恥ずかしそうに、ある曲を答えた。クラシックには違いないが、クラシックに造詣(ぞうけい)の深い人間から見れば、やや大衆的な曲である。だが、私もその曲が嫌いではなかったから、「僕も好きだよ」と答えた。

それ以降、私たちはときおり、教室のベランダに出て、こんな会話を繰り返すようになった。たいていは昼休みだったが、ちょっとした授業と授業の間の、休み時間のこともある。

康子は誰とでも気楽に打ち解けて会話するタイプだった。私とだけではなく、男女を問わず、複数の級友たちとよく話し込んでいた。

　私は生まれて初めて、嫉妬という感情を体験した。自分の独占欲の強さに気付いたのも、このときである。特に、康子が昼休みに私がいるベランダに出てこず、他の級友たちと教室内に留まって話し込んでいるとき、私の苛立ちは頂点に達した。

　結局、高校時代は決定的なことは何も起きなかった。ただ、卒業式のとき、私にしては、大胆な行動に出た。講堂で行われる卒業式に出るため、一人廊下を歩いていた康子の背中に声を掛けたのだ。

「真城さん、今日、卒業式が終わったら、『ハーミット』で待ってるから」

「ハーミット」とは、英語で「隠者」を意味する、近くにある喫茶店の店名である。私たちの高校で生まれたカップルがデートの場所として利用することでも知られていた。「今日、ハーミットであの二人を見たよ」などという噂話の聖地と呼んでいい場所なのだ。

　康子は一瞬顔を赤らめ、うつむき加減になった。それから、ようやく聞き取れるくらいの掠れた声で応えた。

「うん、分かった。ちょっと遅れるかも知れないけど、待っててね」

私は、その反応で康子も私を好きなことを確信した。

康子は卒業式が終わって一時間くらい経った午後二時頃、「ハーミット」に姿を現した。しかし、私たちはそこでも、いつもと変わらない会話をしただけだった。ただ、私は一つだけ、若干、大胆なことを言った。

「ねえ、真城さん、僕が将来ピアノリサイタルを開いたら聴きに来てくれる？　必ず招待するから」

私はすでに東京藝大の音楽学部器楽科に合格していた。もちろん、ピアノ専攻だ。

「楽しみに待ってるわ」

康子も明るい笑顔で応えてくれた。彼女も津田塾大学学芸学部の国際関係学科に合格していて、すでに大学の寮に入ることが決まっているという。私はその場で、寮の住所と電話番号を聞き出した。

私と康子は結局、夕方の六時頃までそこで話し、ぎこちなく別れた。私には、さらに他の場所に康子を誘いたい気持ちはあった。康子もそれを待っている雰囲気を私は肌で感じていた。しかし、私にはそれを言い出す勇気がなかったのだ。

この別れから、私は実に七年もの間、真城康子に会うことはなかった。それが私の怠慢に起因するという非難なら、私は甘んじて受けなければならないだろう。ただ、このことには私が藝大を二年で中退し、ウィーンに行ったことが決定的に影響していた。

私はウィーンに出発する一週間ほど前に、康子の住むはずの寮に電話をしている。しかし、電話当番の学生と思われる女性が出て、「真城さんは留守です」と告げられた。私は妙に気後れした気分になって、名乗らず電話を切った。

私はそれ以降、電話さえしなかった。おそらく、ウィーン行きのことで頭が一杯であって、康子のことさえ深く考える余裕がなかったのだろう。私は大きな人生の転機に差し掛かっていたのだ。確かに、海外で私が成功するかどうかに比べれば、康子のことはさほど大きな問題ではなかった。

私が日本に帰国し、東京で初リサイタルを開いたとき、すでに二十五歳になっていた。ショパンコンクールで第三位に入ってから間もない頃だったので、私はマスコミからもかなり注目され、得意の絶頂だった。実際、テレビや雑誌の取材もあり、私はかつてない忙しさを経験していたのである。

ある日、自宅に送付されてきた高校の同窓会名簿から、私は康子の現住所と電話番号を知った。ある筋からの情報では、康子は大学卒業後、御茶ノ水にある中堅の出版社に勤め、現在も東京の中野にあるマンションで一人暮らしをしているという。

私は今度は勇気を持って、すぐに康子に電話を掛けた。

「吉川君、すごい人になっちゃったのね。私からあんまりかけ離れた人になっちゃって」

受話器の奥から聞こえる康子の声は、二つの正反対な解釈が可能に思えた。康子は私のピアニストとしての成功をマスコミ報道で知っており、それを喜んでくれていることは、その言葉からもよく伝わってきた。しかし、一方では、「すごい人」「かけ離れた人」というフレーズがそのまま私と康子の現在の距離を表現しているように思われた。

それを拡大解釈すれば、結婚していないまでも、すでに決まった恋人がいると言っているようにも聞こえたのだ。そもそも、康子ほどの美しい女性であれば、二十五にもなって付き合っている男性がいないはずはないと考えるべきだろう。

だが、私は恐ろしく強気だった。仮にそうだったとしても、音楽界で大きな成功を収めた私が迫れば、康子も当然になびくだろうという傲慢な考えがあったのかも知れない。

私は、その年の九月三日に開かれることになっていた「吉川真ピアノリサイタル ショパンの夕べ」というタイトルのリサイタルに康子を招待することを興奮した口調で告げた。

「ほんと？　嬉しいわ。喜んで行かせてもらいます」

私はチケットとパンフレットを送ることを約束した。だが、私が電話を切ろうとした瞬間、康子が言った。

「吉川君、とても言いにくいことなんだけど、チケット二枚送ってもらえないかしら」

私はぎょっとしていた。もちろん、チケットを二枚送ること自体はわけがないことだ。しかし、康子がもう一枚のチケットを誰のために必要としているかが問題だった。

私は一瞬、沈黙した。その意味をすぐに察知したかのように、康子は早口で付け加えた。

「私の母がショパンが大好きなの。吉川君のリサイタルが聴けたら、とても喜ぶと思って」

「ああ、そうなの。それなら僕もあなたのお母さんにも、是非(ぜひ)聴いてもらいたいよ。じゃあ、間違いなくチケットは二枚送ります」

私は安堵(あんど)していた。康子の母は東京ではなく、私たちが高校時代を過ごした地方都市に依然として住んでいるようだった。だが、そこは東京から新幹線で一時間半の場所だったから、上京するのは簡単だろう。私は康子の母親もやって来るとしたら、かえって好都合だとさえ思っていた。私をアピールするまたとないチャンスになるかも知れないのだ。

奇妙なことに、私はこの時期、結婚願望がことさら強くなっていた。独身であることによって生じる日常生活に纏わる些事がますます苦痛になり、できるだけ早く結婚して、ピアノに没頭できる環境を作りたいと思うようになっていたのだ。

「リサイタルが終わったら、お母さんと一緒に必ず、楽屋に来て。話が通じるように、係の人に頼んでおくから」

私はさりげなく付け加えた。

「ええ、そうするわ」

康子は弾んだ声で応えた。

このあと、すべては予定通りに運んだように見えた。私は日本での初リサイタルの準備に忙しく、当日までは康子と連絡を取ることはできなかった。ただ、当日、康子が来てくれさえすれば、すべてが決着するように思えていたのだ。

会場となった五反田の「ゆうぽうとホール」は満員となった。チケットは当然売り切れで、親戚知人から、余分のチケットが何とかならないのかという問い合わせが続いた。

しかし、私自身、どうにもならなかった。

私はショパンの曲、五曲以外にも、サービスのために日本の唱歌も三曲演奏した。聴衆の反応も非常に好意的で、万雷の拍手を浴び、リサイタルは無事終了した。そして、そのあと、待ちに待った瞬間が訪れた。康子が約束通り、胡蝶蘭の花を持って楽屋に来てくれたのだ。ただ、母親ではなく、意外な人物が一緒だった。

「ごめんなさい。母は楽しみにしていたのに、昨日の夜から風邪をひいて熱が高く、来れなくなっちゃったんです。せっかく送っていただいたチケットを無駄にするのも申し訳ないので、東京に住んでいる従兄を誘ったんです」

康子の言葉に、私は康子の横にさわやかな笑顔を浮かべて立つ長身瘦軀の男を見つめた。三十前後に見える、端整な顔立ちの男だ。従兄か。母親のほうがよかったのは確かだが、そのささいな齟齬は計画を変更すべき事由には思われなかった。和やかな歓談のあと、私はさりげなく、康子を食事に誘った。もちろん、従兄も一緒に来て構わないという趣旨の言葉を付け加えた。

「とんでもありません。私はここで失礼します。明日の授業の準備がありますので、今日は少し早めに帰らなければならないんです」

　都内の大学で講師をしているという康子の従兄は、若干、慌てた口調で私の誘いを断った。私たちに気を利かせたのだろう。常識をわきまえた男だ。私はあえてしつこくは誘わなかった。とにかく、私は康子と二人だけで、食事をすることができるのだ。そのことの重要性を私は誰よりも自覚していた。

　私と康子は五反田駅近くのカジュアルなイタリアンレストランに入った。すでに夜の十時近くになっていたので、その時間帯に正式なレストランを予約なしに見つけることは難しかった。

「お腹が空いたでしょ。カジュアルな店だから、アラカルトで好きな物を取ってください」

　私は優しく微笑(ほほえ)みかけながら言った。やはり、以前の私とは違うのを感じていた。マスコミから受けたいくつかのインタビューをこなした結果、人との接触の仕方に余裕が出てきたのかも知れない。

　私の落ち着いた口調に、康子もにっこりと笑顔を浮かべてうなずいた。その日、康子は真っ白なワンピースを着ていたが、その左胸に映(は)える薄紫の紫陽花(あじさい)の花柄が印象的だった。

私たちはグラスシャンパンで再会を祝福し合った。もちろん、康子が一番祝福してくれたのは、私の初リサイタルの成功だったが。

夢のような時間だった。私たちは高校時代の思い出を語り、その話は尽きることがなかった。不思議といえば不思議だった。私にしてみると、高校時代、康子とさえそんなに多くのことを話した記憶がないのだ。他の生徒たちとは、ろくに口も利いたことがないと言ったほうが適切だった。

それにも拘わらず、このとき康子との会話で高校時代の思い出が泉のように湧いてくるのを感じていたのだ。私が興奮していたのも否定できないが、康子は私にとって、まさに幻の記憶を呼び覚ましてくれるような存在だったのだろう。

私たちは、その店が閉店となる午前一時近くまで話し続けた。

「次、いつ会える?」

会計を頼んだ直後に、私は康子に訊いた。康子は微妙に視線を落としたように見えた。だが、高揚していた私は、その動作にさほど深い意味を感じ取ることはできなかった。むしろ、高校時代に康子がときおり示していた含羞の表現と受け止めていた。

「でも、吉川君、いろいろと忙しくて、時間が取れないんじゃない？」

「いや、君に会うためなら、無理にでも時間を作るよ」

これはもはや露骨すぎる愛の表現だった。いや、私の心の中ではそれ以上で、君と結婚したいと言っているに近かった。実際、私はこの次に会うときには、結婚の話を持ち出すつもりだったのだ。

私は、とりあえず、候補日を二日挙げた。三日後と一週間後である。過去の経験から、間（あいだ）を空けすぎることの危険は学んでいた。

「じゃあ、早いほうがいいわね」

康子は三日後のほうを選んだ。ただ、声に元気がなかった。しかし、私は康子が早い日にちのほうを選んだことを過大に評価していた。

三日後の午後六時、私たちは銀座の喫茶店で待ち合わせた。そこで一時間程度話したら、今度は少し高級なレストランに誘うつもりだった。

私は恐ろしく性急になっていた。その喫茶店の中で、結婚の話を持ち出し、レストランでは祝杯を上げるようなつもりでいたのだ。

「真城さん、ちょっと真剣なこと言っていい？」

飲み物を運んできたウェイトレスが去ると、私は間髪を容れずに言った。康子の顔色が変わる。単なる緊張の表情なのか、不安の表情なのか、判断が付かなかった。

それにやや気になったのは、その日の康子の服装だった。リサイタルのときは、それにふさわしい、どちらかと言うとフォーマルな格好をして来るのは当然だったが、その日も、喫茶店で話したあと、銀座のレストランに行こうと仄めかしてあったのだ。

それにしては、康子の服装はカジュアルに過ぎた。紺のジーンズに白地にベージュのボーダーの半袖Tシャツ姿だったのである。

「どんな話かしら？　ちょっと怖いな」

そう言うと、康子も真剣な表情で私を見つめた。

「僕は君と結婚を前提とした付き合いがしたいんだ。僕は君以外の結婚相手は考えられない」

一気に言って、私は康子の反応を待った。いくら私でも、結婚が即了承されるとは考えていなかった。ただ、最低でも康子は私との交際を続けることは否定しないだろうと踏んでいたのだ。だが、康子の反応は予想外だった。

「そのことなんだけど、私も今日は吉川君にどうしても話さなければならないことがあるの。本当はこの前のリサイタルのときに、最初に言うべきだったんだけど、おめでたい席だったし、私も吉川君の演奏にとっても感動してたから、言い出せなかった」

この言葉を聞いて、なお楽天的でいられるほど私は愚かではない。私の潜在意識の片隅にあった不安の影がようやく顕在化(けんざいか)したかのように、私の心臓が不規則な鼓動を刻み始めた。

「私、吉川君みたいなすごい人にそう言ってもらえるのは、本当に嬉しいんだけど、もう遅すぎるの。私には将来を約束した人がいるんです。このことをできるだけ早く伝えるべきだと思ったから、今日お会いすることにしたんです。もちろん、吉川君がここまではっきり言わなかったら、もう少し遠回しに言うつもりだったんだけど、こうなったら正直に話したいの」

目の前が真っ暗になっていた。地獄に突き落とされたような気分だ。

「でも、その人と婚約しているわけじゃないんでしょ」

私は掠れた声で訊いた。我ながら未練がましい発言だった。

「婚約はしてないけど、精神的にはそれに近い状態かも知れない」

康子の声も上ずっていた。康子が私を傷つけまいとしているのは分かったが、それにしてもその発言内容は私には耐えがたいものだった。私のプライドが、その場で泣き伏すことをかろうじて押しとどめていた。

私たちは、数分間、黙り込んだ。

「その君の恋人、どんな人なの？」

やがて、私はぽつりと訊いた。意味のない質問なのは分かっていた。それを聞いたところで、私にどんなコメントができるというのか。

「地味な大学の研究者よ。犯罪の研究をしている変わった人」

「僕が会ったことがある人？」

康子は再び沈黙した。不意にピンと来るものがあった。康子と一緒にリサイタルにやって来た従兄と称する男の顔が思い浮かんだのだ。

「ひょっとしたら、君がリサイタルに連れて来た人は――」

康子の反応で、私の推測が当たっていることを確信していた。怒りのマグマが体の奥から噴き上がって来るのを感じた。

「ごめんなさい」

康子は、あのとき従兄と言った男が、自分の恋人であることを認めた。

「じゃあ、お母さんがショパンを聴きたがっていたということも、嘘だったんだね。風邪をひいたということも」

私の声には、明らかな怒気が含まれていたに違いない。

「嘘じゃないわ」

康子は即座に強い口調で否定した。それから、必死の面持ちで弁解し始めた。

「母が風邪をひいたのも本当です。でも、せっかくいただいたチケット二枚のうちの一枚を無駄にするのが申し訳なくて――」

「それで君は、そのチケットを自分の恋人のために使ったというのか。それで僕が喜ぶと思っていたの？」

私は吐き出すように言った。大人げのない、辛辣な表現なのは分かっていた。声のトーンも一段と上がっている。斜め後ろの席にいた若いカップルの女性のほうが私たちをちらちらと見ているのを感じていた。

「そうじゃないわ。母が風邪をひいたのがリサイタルの前日の夜だったから、急なことでなかなか代わりを見つけられなかった。何人かの女友達にも連絡したけど、みんな当日予定が入っていて――」

康子の声はうち沈んでいた。その目に薄らと涙が滲んでいるのに私は気づいていた。

「それに――」

康子はそう言ったきり、言葉を止めた。その声は、すでに涙声に変わっている。私はあえて言葉を挟まず、次の康子の言葉を待った。

「私、吉川君のことを彼に自慢したかったの。彼に相談したら、彼も聴いてみたいと言うし、従兄ということにしておけば、角が立たないんじゃないかと言うから。でも、そのことで吉川君を傷つけてしまったことは、謝ります。本当にすみませんでした」

康子の目から大粒の涙がこぼれ落ちた。私は怒りと感動がない交ぜになったような不思議な感覚に襲われていた。

「そんなに僕のことが自慢なら、なぜ考え直してくれないんだ」

私は振り絞るような声で言った。完全に取り乱していたと言っていい。だが、これに対しては、康子は相変わらず涙声ながら、毅然として言い返してきた。

「だから、もう遅すぎるの。だって、吉川君、私たちが大学生のとき、全然連絡くれなかったじゃない。私、本当のことを言うと、高校時代、吉川君が好きで憧れていた。大学に入って、一年間はずっと連絡を待っていたのに、結局、何の連絡も来なかった」

康子の語尾が沈んだ。同時に、私の全身からすっと力が抜け落ちるのを感じた。康子の言う通りだった。だが、そのことについては、私のほうにも言いたいことはある。しかし、今更、それを言って何になるだろう。

「分かった。もういいよ。君が今、しあわせなら僕は、それでいいんだ」

そう言ったあと、敗北感が募った。同時に、心の底では康子を許していない自分を意識していた。

しばらく、二人とも口を利かなかった。康子の目から涙が消え、康子はやがて微笑みながら私の目を見つめた。

「君のカレシって、学生時代からの知り合いだったの？」

私は雰囲気を変えるために、わざと軽い調子で訊いた。

「ええ、私、大学で人形劇のクラブに入っていて、彼は東大の演劇部にいて、その関係でうちの大学に手伝いに来てくれていたの」

康子も気を取り直した声で応えた。

「じゃあ、彼は声優をしていたの？」

「違うわ。彼は裏方さんのほうが好きだった。録音とか、そういう技術的なことを担当していた」

「それで、今は、犯罪を研究しているの？」

私は若干、苦笑しながら訊いた。人形劇と犯罪研究。妙な取り合わせだと思ったのだ。

「ええ、犯罪心理学を専攻しているの。でも、そういうのって、なかなか専任職がないんですって。今、東洛大学で非常勤講師をしてるんだけど、専任講師になれるかは微妙らしいわ」

質問したのは私だったが、ほぼ上の空で康子の答えを聞いていた。ただ、たいして裕福になりそうもない職業の男性を選んだのは、康子らしいとも思った。

「じゃあ、君は出版社に勤め、彼は犯罪心理学者というわけだから、二人とも知的な職業に就いているわけだね」

私はもう一つ、どうでもいいことを言った。

「彼のはともかく、私の仕事なんか全然知的じゃないわ。今、主婦向けの雑誌の部署にいるんだけど、私の担当はお弁当のおかずのレシピだもの。でも、毎日、どんなおかずにするのかを料理研究家の先生と一緒に考えるのも、結構楽しいのよ」

康子がようやく笑顔を取り戻したように言った。私も微笑んだ。だが、会話はそれ以上弾むはずもなく、私たちは結局、夕食を一緒に摂ることもなく別れた。

「今度は『革命のエチュード』にしなさいよ。あなたは、何と言ってもあの曲で世に出たんだから。『クシコスポスト』は俗っぽいメロディーで、小学生用の練習曲よ。『ラデツキー行進曲』は観客の拍手と指揮者のパフォーマンスだけが売りの、本来オーケストラ用の曲でしょ。両方とも、クラシックに詳しくない人が好む大衆曲みたいなものよ」

水原尚子の甲高い声がスマートフォンの向こうから響いていた。不愉快な女だ。大衆曲のどこが悪い。ショパンだけが音楽ではない。同じように、尚子の言うところの「大衆」から人気が高いモーツァルトの「トルコ行進曲」を含めないのは、モーツァルトが俗に天才と言われているからだろう。

そもそもこの女に音楽の善し悪しが分かるとは思えない。日本ではモーツァルトやショパンに比べて、ヘルマン・ネッケやヨハン・シュトラウス一世の知名度が低いことを言っているに過ぎない。そんなうわべだけしか見ない女に、私のピアノについて論ずる資格があるはずがない。

近頃の私は、リサイタルでは確かに『クシコスポスト』や『ラデツキー行進曲』を頻繁に演奏していた。『革命のエチュード』は、私には重荷に過ぎた。やはり、このことには十年前の出来事が影を落としているのだろう。

私はあのあと康子が結婚して、高倉という苗字を名乗っていることを、四年ごとに送られて来る高校の同窓会名簿で知っていた。もちろん、康子からの連絡は一切ない。

康子にふられて以降、私のピアニストとしての評価も、失速しかかっていた。もちろん、ショパンコンクール三位入賞という肩書きは、一、二年は通用した。

しかし、クラシック音楽界においてさえ、生き延びるためには、ある種の処世術が必要だった。いや、マーケットの狭い世界だからこそ、それはむしろ一般の世界以上に、必要だったのかも知れない。

生活を気にせず、ピアノの技量を磨くことだけに集中するには、安定した収入が必要なのだ。そのためには定期的にリサイタルを開いてくれる大企業がスポンサーになってくれるのが一番好いのだが、私にはどういうわけか、そういうスポンサーは付かなかった。

もちろん、一時的にはいくつかの企業から声を掛けられ、その企画で演奏することはあった。だが、そういう関係は、長続きしなかった。おそらく、世辞も言えなければ、ゴマをすることもできない私の性格も影響しているのだろう。それに、音楽界は女性に有利にできていて、ピアニストにしてもヴァイオリニストにしても、そういうスポンサーは女性のほうが付きやすいようだった。

企業が駄目な場合、個人のスポンサーもあり得る。リサイタルを開く際に、多額の出資をしてくれる個人スポンサーもいるのだ。そういう人物は、とてつもない資産家で、そんなリサイタルで自分が儲けようなどとは考えていない。あるいは、別の仕事でたっぷり儲けていて、自分の文化的虚栄心を満足させるためにだけ、音楽家を庇護している場合もある。

私のスポンサーである、水原尚子もまさにそんな一人だった。尚子は四十三歳の独身だったが、離婚歴がある。某有名企業の御曹司と十年前に別れていた。その後、結婚していた頃から、夫の援助を受けて経営していた銀座にある女性用下着の会社を発展させて、今では様々な事業を営む女性実業家として成功していたのだ。

実業家としての才能が、尚子にあるのは確かだろう。その代償なのか、様々な悪評が尚子の周りからは聞こえてきた。そもそも自分の会社をそれほど大きくできたのは、夫から奪い取った莫大な慰謝料のおかげだという。

その上、離婚後も秘密を握っていたのか、その御曹司を半ば脅しつけるようにして、自分の事業に有利になるように、様々な協力を強要したという話も伝わっていた。それなりの美人だったが、性格は激しく、ささいな失敗で、尚子から解雇された従業員も少なくない。年収は億単位のようだったが、その分、尚子を憎んでいる人間は枚挙にいとまがないだろう。

私はそんな尚子と愛人関係にあった。私も尚子も独身だったから、その表現は必ずしも適切ではなかったのかも知れない。しかし、私は尚子を恋人と呼ぶ気分にはとうていなれないのだ。私たちの関係はすでに五年ほど続いているが、今や尚子は私にとって、鬱陶しい存在でしかなかった。尚子は傲慢で見栄っ張りだったが、何よりも嫌なのは、気分次第で言うことがくるくる変わることだった。

私は尚子と知り合うまでは、自分の演奏風景をユーチューブにはアップしていなかった。だが、尚子はそういう私の態度に批判的だった。

「そんなんじゃ、今の時代から取り残されちゃうよ。今の時代は、再生回数に応じて広告収入が入るんだから」

再生回数。広告収入。私には遠い国の言葉にしか思えなかった。だが、尚子はろくに私の同意を得ることもなく、人を使って、私のリサイタルの風景をユーチューブにアップしてしまった。

だが、その再生回数とやらの数字は、当初はあまり伸びなかった。私はクラシックが一般にはそれほど人気がないためだと考えていたが、尚子に言わせれば、私が演奏する曲目にも関係があるという。

「もっと一般的に人気がある曲目も取り入れなきゃダメよ。『トルコ行進曲』でも、『エリーゼのために』でもいいじゃない。そういう曲をユーチューブにアップすれば、ピアノのお稽古に通っている子供たちもみんな見て、再生回数は放っておいたって増えるのよ」

尚子の言葉は、最初は私にとって、屈辱的でしかなかった。私がリサイタルの曲目として選ぶ曲は、どちらかというと玄人(くろうと)好みの、演奏技術的にも難しい曲が多いのだ。「革命のエチュード」のような例外的な人気曲はあるものの、私の演奏曲は人気という点でも総じてあまり高くなかった。

私はしぶしぶ尚子のアドバイスを受け入れ、誰でも知っていて、親しみやすい曲をリサイタルで取り入れ始めた。「トルコ行進曲」や「エリーゼのために」以外にも、「クシコスポスト」や「ラデツキー行進曲」も、そういう経緯から、私のリサイタルの曲目に入るようになった曲だった。だから、そういう曲を演奏曲に入れたのは、もともとは尚子の発案と言ってよかった。

私自身、意外だったのは、実際にそういう曲目を演奏してみると、聴衆の生き生きとした反応が直接に伝わって来て、思わぬ気分の高揚を体験したことだ。同時に、尚子の言う通り、ユーチューブの再生回数も伸び、僅かながら広告収入も増え始めた。

しかし、尚子は逆にこの頃になると、私がそういう分かりやすく、親しみやすい曲に頼って、人気を上げようとすることに否定的になっていた。自分の言い出したことでも、気分次第で途中からまったく逆の主張に変えるのは、尚子の十八番だった。

私を翻弄して楽しんでいるのかも知れない。私をあくまでも掌の上において、支配者としての自分を実感したいのだろう。私の尚子に対する憎悪は、近頃、際限もなく募りつつあった。この女と一緒にいたら、ピアニストとしても駄目になると感じ始めていたのだ。

それにも拘わらず、私はほとんど毎日のように、尚子の要求に応じて、恵比寿にある尚子のマンションに入り浸っていた。実業界で多くの敵を持つに違いない尚子にとって、私との濃密な交際は癒やしであると同時に、日頃の鬱憤を吐き出し浄化するための濾過装置みたいな物だったのだろう。

私の頭の中では、尚子と康子は重なっていた。もちろん、タイプはまったく違う。尚子に比べれば、康子は遥かにまともな人間だった。ただ、二人は、私がピアノの世界に没頭することを妨げる、あるいは過去に妨げた障害物という意味では、共通していたのだ。

次々に台頭してくる若手ピアニスト。私は焦り始めていた。この局面を打開するには、まず自由になることだ。そのためには、尚子と別れ、同時に、過去において私に最大の屈辱を与えた康子に応分の仕返しをしてやらなければならない。

私が尚子と別れるだけでなく、それを利用して康子にも復讐してやろうと考え出したのは、この頃、たまにテレビで、康子の夫と思われる高倉孝一の顔を見るようになったこととも無関係ではなかったのだろう。私は、康子の言葉を思い出していた。

「地味な大学の研究者よ。犯罪の研究をしている変わった人」

何が地味なものか。テレビのワイドショーに犯罪心理学者として出演し、しっかりと金を稼いでいるではないか。そうだとすれば、「変わった人」であることも、処世術の一つであるようにさえ思われて来るのだ。

私はある計画を練り始めていた。それはテレビで見る高倉の容姿をヒントに思いついた計画だった。私は尚子の男性の好みをよく知っている。平たく言えば、イケメン好きで、尚子が高倉のことを好むのは、間違いないように思われた。しかも、尚子は有名人好きだった。私に近づいて来たのも、私が一時的にマスコミに取り上げられていたからであり、その意味でもテレビ出演している高倉は、やはり尚子が好む条件を備えていた。

尚子を高倉に引きあわせれば、必ずある種の混乱が生じることは確信していた。その混乱に乗じて、私は康子にも私が感じて来たのと同じ苦痛を味わわせたかったのだ。

私はすぐにこの計画を実行に移した。まず、その年の七月三十日に予定されていたリサイタルのチケット二枚とパンフレットを康子の自宅に送った。ごく短い手紙を同封した。

お久しぶりです。私は現在、プロデューサーの水原尚子氏とコンビを組んで、演奏活動を行っております。水原氏は、仕事上のパートナーであるだけでなく、人生の良き伴侶として、私を支えてくれています。お時間が許すのであれば、ご主人と一緒に、

私のリサイタルに来てくださったら、幸甚です。　吉川真

康子が私の誘いに乗ってくるかは微妙だった。しかし、私はその短い手紙の中にも、康子が誘いに乗りやすい工夫を凝らしたつもりだ。尚子の氏名は、送ったパンフレットの中にも、エグゼクティブ・プロデューサーという肩書きで載っていた。私の文面で、私と尚子が結婚していると康子が解釈するかどうかは分からなかったが、少なくとも良好な男女関係にあると考えるのは間違いないだろう。

しかし、リサイタルの日まで、康子からの反応はなかった。私は、自分の計画が失敗したのを半ば感じていた。

会場は池袋にある「東京芸術劇場」だった。ただ、リサイタルの曲目の選択をめぐって、私と尚子の間には、良好どころか、陰悪な雰囲気が漂っていた。全部で七曲の演奏予定だったが、私は、「革命のエチュード」は選ばず、ショパンの「英雄ポロネーズ」とシューマンの「謝肉祭」、それに「トルコ行進曲」と「クシコスポスト」は演奏することに決めていた。

尚子は、「革命のエチュード」は必須だと言い、「謝肉祭」は演奏時間が三十分近い大

曲だから、クラシックを聞き慣れていない観客には不向きだと主張した。それでいながら、聴衆に親しみやすい曲としては「トルコ行進曲」だけで十分だという意見だった。だが、私は尚子の提案を無視して、当初の計画通りの曲を演目としたため、尚子は恐ろしく不機嫌になっていた。

これは尚子と私のいつもの確執に見えて、実はそれとは無関係な要素も含んでいた。「革命のエチュード」を避けたのは、康子が来るのに備えて、底意を見破られないようにするためだったのだ。

「革命のエチュード」は、その不穏で激しい旋律のせいもあって、一般的には怒りや憤怒の表現と受け取られがちだった。康子も勘の鋭いタイプだったし、夫の高倉は犯罪心理学者なのだから、その曲調から私の復讐心を嗅ぎ付けられることを恐れていたのである。

この用心は、無駄ではなかったことが判明した。意外なことに、演奏終了後、楽屋に康子が高倉と共に訪ねてきたのだ。

「やあ、来てくださったんですね。お忙しいところを、有り難うございます」

これが私の復讐の始まりであることを心で誓いながら、私は最大限の笑顔で彼らを迎えた。十年ぶりに見る康子は、紫色（ヴァイオレット）のシンプルなワンピース姿だった。年齢による落ち着きは感じさせるものの、以前と同じように可憐で美しかった。その康子から、私はユリとバラ、それにクレマチスがセットになった花束を受け取った。

私は、ノーネクタイながら上下の紺の背広姿の高倉にも、笑顔を向けて話し掛けた。

「お久しぶりです。十年ぶりでしょうか？」

私があの日のことを言っているのは、高倉も当然分かったはずだ。しかし、私の明るい表情から、私がそれを嫌みで言っているとは、高倉も受け止めなかったはずである。

「ええ、あのときも、今日も、素晴らしい演奏、有り難うございます」

高倉も、にこやかな笑顔でごく自然に応えた。康子も私たちの会話を聞きながら、嬉しそうに微笑んでいる。そこにスリット入りの黒いロングドレスを着た尚子が近づいてきた。

尚子はこれまでの不機嫌が嘘のように愛想がよかった。もともと外面（そとづら）の良い女だったが、それにしても、その日は、特に社交的に見えた。私の目論見（もくろみ）通りだ。尚子の目が、康子ではなく、高倉を追い続けているのは、すぐに分かった。

「どの曲がお好みでした？」

尚子は、それでも康子に気を遣うように訊いた。処世術に長けた女で、こういう場合、高倉に気に入られるためには、康子を粗略に扱ってはいけないことを知っているのだ。

「私、クラシックのこと、あんまり詳しくないんですけど、『クシコスの郵便馬車』みたいなメロディーが好きなんです」

「ああ、『クシコスポスト』ですか。親しみやすいメロディーですものね」

「クシコスポスト」は、昔は「クシコスの郵便馬車」とも呼ばれていたが、それは誤訳で、今では「クシコスポスト」のほうが正しいとされている。親しみやすいメロディー、か。思わず、苦笑した。普段、私には俗っぽいメロディーと言っていたのだ。

「先生はいかがですか？」

尚子は高倉にも訊いた。高倉が、東洛大学の教授であることはすでに尚子に説明していた。それから、彼のテレビ出演のことも。

「いや、私は恥ずかしながら、音楽的才能は皆無のようで、みんな美しくは聞こえるのですが、どの曲が好みかと訊かれましても、冷や汗が出るばかりでして」

実際、高倉は動揺を隠さず言っているように見えた。その素朴な反応で、人柄は悪くないのを感じた。だが、人柄と犯罪心理学者としての能力は別だ。私は心の中で、そっとつぶやいた。

「まあ、ご謙遜を。でも、妙に通ぶって、うるさいことを言う方より、そういう方のほうがかえって音楽耳を持っていることが多いんですよ。これからも、吉川のことを宜しくお願いしますね。リサイタルのときは、必ずチケットをお送りしますから」

だが、その日はそれ以上のことは起きなかった。自然に見せるためには、あまりにも性急にことを運ぶのは、危険だった。かつてのように。

だが、尚子が性急な動きをすることを止めることはできなかった。尚子はクラシック音楽のプロデュースをする以外にも、著名な文化人を招いて、講演会を開くことがあった。世間から、文化の良き理解者と思われたいのだ。

「ねえ、今度の講演会に高倉先生を呼べないかしら。あの方なら、テレビにも出ているし、人も集まると思うの」

三ＬＤＫの自宅高級マンションで、尚子は私に相談してきた。まるで、私の狙いに気づいているかのようだ。実際、私たちは共謀関係のない、心理的共犯とも言えた。尚子は高倉に会いたがり、私は尚子を高倉に会わせたがっているという意味では。

しかし、尚子がまったく実利を無視して、高倉を呼ぼうとしているわけではないことは私にも分かっていた。そういう講演会では、さりげなく尚子が経営している会社や関連会社の製品が紹介されるから、やはり宣伝効果という意味では、講師はある程度人が呼べる人物を選ぶ必要があるのだ。

「じゃあ、僕から康子さんに話してみようか」

「直接、高倉先生に話せないの?」

「それは無理だよ。個人的にはほとんど知らない人だから」

「本当は康子さんと話したいんでしょ」

尚子は悪意のある笑みを浮かべて言った。尚子も、こと男女関係に関しては、なかなか勘の鋭い女だった。嫉妬心も旺盛だ。

結局、翌日、私が康子に電話を掛け、高倉が「犯罪と社会」というテーマで講演会に来てくれることがあっさり決まった。電話での印象では、康子もそういう依頼を喜んでいるようであり、私が仕掛けた悪意の陥穽(かんせい)に気づいているとも思えなかった。

講演会は大盛況のうちに、終了した。康子も聴きに来たため、私と尚子、それに高倉と康子の四人で、銀座随一の高級フランス料理店で夕食を摂った。そこは尚子のお気に入りの店で、支払いもすべて尚子が持つのだ。このとき、尚子は恐ろしく饒舌(じょうぜつ)だった。

「高倉先生は、テレビにも出演なさっていて、話し慣れているためなのか、聴衆を引きつけるのが本当にお上手ですわ。でも、そういう方の中には、正直中身が薄っぺらの方もたまにいらっしゃいますが、先生のお話は本当に中身が濃くて、ためになりますもの。今日の法廷（フォレンシック）精神医学（サイカイアトリー）の話なんか本当に面白かったですわ。ほら、なんていうルールでしたっけ？　妻の首を絞めていると認識しているのか、それともレモンを搾っていると思い込んでいるのかって話」

「マクノートン・ルールのことですか？」

高倉は白ワインのグラスを口に運びながら、穏やかな笑顔で言った。

「そう、それそれ」

尚子がはしゃぐように応答した。私もおそらく尚子とは違う意味で、その話には興味があった。

マクノートン・ルールとは、アメリカの多くの州で採用されている、責任能力の有無を判定する有名な基準だという。自分の妻を絞め殺す場合、それを素晴らしいことだと思い込んで実行したとしても、責任能力はありと判定され、罪に問われるらしい。被告の責任能力が精神異常を理由に阻却されるのは、被告人が妻の首を絞めながら、レモンを搾って(squeeze lemon)いると思い込んでいる場合だけだというのだ。

「でも、アメリカ国民は合理的ですから、マクノートンに照らして、責任能力なしと判定されれば、大量殺人鬼の場合でさえも、無罪になることはよくあるんです。ところが、日本の場合はやはりどうしても犯した罪の大きさが考慮されるんですね。明らかに精神異常と認められる場合でも、罪状があまりにも深刻な場合には、責任能力ありと判定されてしまうんです」

高倉はその例として、北海道の釧路(くしろ)市で起こった連続幼女誘拐殺人事件を挙げた。こんな深刻な話題はあったものの、私たちの会話は総じて和気藹々(わきあいあい)の雰囲気で進んだ。康子も口数は少なかったものの、良好な人間関係に安堵しているように見えた。デザートが出されたとき、尚子が締めくくるように発言した。

「本当に今後とも、宜しくお願いしますね。吉川のことはもちろんですが、私も事業をやっておりますので、人間関係がなかなか難しいんです。それで今後とも高倉先生にも、人間の心理面でいろいろと相談させていただくこともあるかも知れません」

「それはどうですかね。私は犯罪者の心理を分析するのは得意ですが、一般の方の正常な心理を読むのは必ずしも得意ではないんです」

「まあ、ご冗談を！」

尚子は声高に笑い声を立てた。

この講演会のあと、尚子はあらゆる口実を付けて、高倉に電話を掛け、場合によっては直接に会い始めた。しかも、尚子はそのことをいちいち私に報告してくるのだ。

「あなたに対する公平性を私は担保してあげたいの。だから、私が高倉教授と何をしたか報告してあげる」

そう宣言すると、尚子は実際に事細かに、その日の高倉との行動を報告し始める。私は平静を装った。いや、実際、事は私の計画通りに運んでいたのだから、私には尚子の行動を止める理由などなかった。

盆が明けた八月十六日の夜十時過ぎ、私は尚子のマンションで旅行の準備をしていた。翌日から軽井沢（かるいざわ）にある尚子の別荘で、一週間ほど二人で夏休みの休暇を過ごすことになっていたのだ。ピアノは別荘にあったから、私は楽譜以外はたいした荷物もない。だが、車に運び込む尚子の荷物はボストンバッグ四個分だったので、私の作業はかなり大変だった。

「ねえ、良いこと教えてあげようか。私、この前、教授と寝ちゃったのよ」

作業は一切私に任せて、一人豪華な緋色（スカーレット）の応接セットのソファーに座ってコニャックを飲んでいた尚子が、私の背中から声を掛けてきた。酔い気味だが、完全に酔っているとも言えない口調だ。ハレーションを起こしたようなシャンデリアの光のせいか、その顔は青と白の微妙な光沢を帯びているように見えた。

「そう、それでどうだった？」

私は作業を続けながら平静に訊いた。私は前回、高倉に会うために出かけていったときの尚子の服装を思い浮かべていた。黒のツーピースだったが、いつになく短い丈のスカートでインナーとして着ている紫紺（しこん）のブラウスの胸元が大胆に開き、豊かな胸の隆起が覗いていた。四十三歳という年齢を考えると、多少無理のある服装だったが、それでも結構似合っていて、私には刺激的な服装に映った。尚子が高倉に抱かれるかも知れないという予測が、尚子という存在を以前より魅力的に見せていたのだ。

「妬（や）かないの？」

「いや、十分に妬いているよ」

私は平然と応えた。

「頭にきている？」

「ああ、もちろん」

「じゃあ、明日の軽井沢取りやめる？」

「とんでもない。僕は楽しみにしていたんだ」

「私もよ」

尚子が立ち上がり、私の正面に回り込み、艶然とした笑顔で抱きついてきた。私は尚子を強く抱きしめた。その瞬間、コニャックの甘い香りが匂い立った。

「尚子さんが主人と会っていたのは知っていました。でも、それは仕事上のことだと思っていました」

「ご主人がそう仰ったのですか」

私は康子の言葉を引き取るように言った。

杉並区にある三ＬＤＫのマンション。同じ三ＬＤＫでも、尚子の贅沢なマンションとはまるで雰囲気が違う。私たちが対座して話していたのは、玄関口に一番近いリビングに置かれた食事用テーブルだった。その他の調度品としては、小さな食器棚と大型テレビ、窓側に二つの本棚、正面上方の壁に取り付けられた電子時計があるに過ぎない。

私は大胆にも康子に電話を掛け、尚子が高倉に会うために、頻繁に出かけることに私がいかに苦しんでいるかを訴えた。その結果、康子たちのマンションで、二人だけで話し合うことになったのだ。

八月二十五日の午後一時過ぎだった。康子は高倉は外出していて留守だと言ったが、どこに行ったのかは言わなかった。

「そうです。尚子さんは主人に対して、仕事上のカウンセリングみたいなものを求めていたようなんです」

「それにしては、ご主人の帰りが遅いとは思わなかったんですか？」

私は康子の不安を煽（あお）るように訊いた。高倉に会った日に限って、尚子の帰宅はいつも午前零時近くだった。このところ、私はほとんど尚子のマンションで暮らしていたから、尚子の行動はいちいち手に取るように分かるのだ。

「高倉があなたが仰るようなことを尚子さんとしているとは、私は思っていません」

康子は静かに反論した。

「しかし、尚子は僕に向かってそう言っています。だから、あなたがそれを否定する根拠を教えて欲しいんです。僕は尚子を愛していますから、こんな状態には耐えられない」

　私は愛人を寝取られて嫉妬に狂う男を演じる必要があった。

「その前に吉川君、私のほうからもお話ししたいことがあるんですが」

　康子は沈んだ声で、躊躇するように言った。ベージュのスラックスに白いTシャツというまったくの普段着姿だった。私たちの声以外に聞こえてくる物音は静かな空調の音だけである。私の正面に見えている、隣室に繋がる引戸は、閉じられたままだ。

　私は無言でうなずいた。康子の手の内がまだ見えていないから、彼女にある程度喋らせる必要がある。

「私、今度久しぶりに吉川君からリサイタルのチケットを送っていただいたとき、本当に嬉しかった。やっぱり、十年前に私がしたことがどうしても気になっていたから、ひょっとしたらもう許してくれたのかしらと甘いことも考えたの。でも、主人に相談したら、正直に言って、あの人は私の意見に懐疑的だった。私から吉川君のことをいろいろと聞いていたから、あの人なりにあなたの性格を分析したんでしょうね」

　高倉は、私が「革命のエチュード」を演奏しなかったことにこだわっていたという。そうだとしたら、かなり鋭い男だ。尚子に好きな曲を訊かれて、クラシックに無知を装っていたが、あれも演技だった可能性がある。

私は確かに底意を見抜かれることを恐れて、あの曲を封印したのだ。だが、康子はそれが私の性格が穏やかになった証(あかし)だと考えていた。

「私はそう思っていたし、そう主張した。でも、高倉は、楽屋で話したあなたの様子が前回に比べて、異常に社交的だったことも気にしていた」

「随分、疑り深い方なんですね、高倉さんは」

康子は、私の皮肉なコメントに直接は応えずに、話し続けた。

講演会の講師の打診を受けたときも、高倉は「これ以上、彼らに関わると困ったことになる予感がする」と言って、断ろうとしたらしい。

「でも、私がどうしても引き受けてと彼に頼んだの。私はやはりあなたとの良好な関係を取り戻したかった。縁がなくて、私たちは一緒になることはできなかったけど、信頼し合える友達ではいたいと、私は思っていた」

「信頼し合える友達！」

私は思わず、康子の言葉を反復した。どうやって信頼しろと言うのか。怒りが込み上げるのをぐっと抑えた。この文脈に沿って、話を進めるのは危険だった。

「じゃあ、尚子がご主人と付き合うのも、友達として僕の顔を立てて、許してくれていたということですか」

私の畳みかけるような皮肉に、康子の顔が一層、曇る。

「いえ、そうじゃなくて、それにはちゃんとした理由があったんです」

「ちゃんとした理由？　もちろん、尚子は高倉さんに接近するに当たって、いろいろと仕事上の口実は付けたでしょう。しかし、本音は高倉さんと付き合いたかっただけだ。実際、彼女は僕に徹底的に追及されて、そのことを認めているんですよ。いや、言いにくいが、肉体関係があることさえ告白している。今日の午前中も、そのことをめぐって激しい口喧嘩をしたあとで、ここにやって来てあなたとこういう不毛な話をしているわけです」

「今日も、尚子さんと会ったのですか？」

康子は何故か当惑したような表情で訊いた。

「もちろんです。いや、会ったというより、僕は彼女と同棲状態だから、このところ四六時中顔を合わせていて、不愉快な口論ばかりですよ。あなたのご主人をめぐってね」

「ですから、何度も申し上げているように、主人が尚子さんに会っていたのは――」

その一瞬、康子はふと言葉を止めた。正面の部屋から物音がして、引戸が開くのが、私の目に映じた。胸を締め付けるような疼痛が走る。長身の男が姿を現した。

「高倉さん！」

私はつぶやくように言ったあと、絶句した。高倉は無言のまま一礼して、康子の横に座った。高倉もジーンズにTシャツという普段着だったから、外出などしていなかったのは明らかだ。

「また、僕を騙したんですね」

私は高倉ではなく、康子の目を覗き込むようにして、低いうめくような声で言った。

「そうじゃないわ！」

康子が強い口調で否定した。しかし、高倉がそれを手で制するようにして、話し出した。

「いや、こんな失礼なお目にかかり方を考え出したのは私で、康子は強く反対していたのです。ですから、この責任は私にあり、その点については深くお詫びします」

「奥様を庇われるわけですね。素晴らしい夫婦愛だ！」

私は嘲笑うように言った。それに対しては、高倉は特に反応もせず、淡々と言葉を繋いだ。

「私がこうせざるを得なかったのは、私の知っていることと、あなたが康子に話すことが、どれほど一致しているのか、またどれほど食い違っているのかを知りたかったからなんです。まず、隣室で私の耳に届いていたあなたの説明で一番気になっていたことは、尚子さんがあなたの意思に反して私に会っており、あなたはそれに苦しんでいるということでした。しかし、私には、尚子さんが私に会っていたのは、あなたの意思だったとしか思えないんです。これはあなたが彼女にそう命じたという意味ではなく、彼女の性格を知り抜いていたあなたがそうなるように仕向けた、あるいは意図的にそういう状況を作り上げた――」

「あなたは犯罪心理学者というより、小説家としての才能がおありのようだ」

私は苛立った声で高倉の言葉を遮った。

「いや、これは私の意見というより、尚子さんご自身が仰っていたことなんです」

「尚子が？」

思わず訊き返した。

「ええ、そうです。彼女が私と頻繁に会い、相談していたのは、あなたが仰る通り、仕事上の相談ではありません。しかし、男と女として会っていたのでもありません。彼女は私にカウンセリングを求めていたのです。彼女はあなたを深く愛していました。あなたに超一流のピアニストになってもらうためには、何でもするとも言っていました。あなたが、現在、すでに一流のピアニストであることは彼女も認めていましたから、超一流という言葉を使ったのは、さらにその上を目指して欲しいという意味だったのでしょうね。もちろん、その熱意が、あなたにとってある種の息苦しさを与える原因になったのかも知れませんが、私から見ると尚子さんの気持ちは本当に純粋で、あなたへの愛は揺るぎのないものにしか見えませんでした」

ここで高倉はいったん言葉を止め、私の目をじっと覗き込むようにした。私は思わず、視線を逸らした。高倉の言葉が続く。

「だが同時に、尚子さんはあなたの愛が彼女にはもうないことをはっきりと自覚していて、夜も眠れぬほど苦しいと言っていたのです。尚子さんはあなたより八歳ほど年上ですから、加齢と共にあなたがますます彼女に興味を失っていくのが不安だったようです。あれほど有能な実業家ですから、仕事上の敵もさぞかし、多かったことでしょう。それだけにあなたという存在は、彼女にとって絶対に失いたくない、憩いのオアシスだったのです。彼女は、あなたに対して捨て身と言っていい作戦を採り始めました。つまり、私との関係を仄めかして、あなたの嫉妬心を煽り、あなたの愛を取り戻そうとしたのです。それは心理学的に見て、大変危険な行為に思われました。おそらく、尚子さんはあなたに対して、私と会った回数を実際より多く言い、またそう装っていたと思います。私と性的な関係があるとあなたに伝えたことも彼女の口から私は直接聞いています。ですから、私は繰り返し、そんな行為はやめるように説得しましたが、彼女は私の言うことを聞き入れてくれませんでした。私が最後に電話で彼女と話したのが、八月十六日の朝で、翌日から休暇を取って、あなたと一緒に軽井沢の別荘に行くと嬉しそうに仰ってました。それ以降は、彼女から連絡はありません」

「それじゃあ、彼女があなたの言うことを聞き入れたと——」

「いえ、そうは思っていません。彼女は、私と最後に話したとき、また電話すると繰り返し、言っていましたから」

「では、どうして電話してこないとお考えなんですか？」

訊きながら、私は激しく打つ自分の鼓動を聞いていた。

「私は彼女の身に何か決定的なことが起きたような予感がしているんです。ただ、あなたは先ほどから、今日も尚子さんと話してきたと言っておられるわけですが――」

微妙な沈黙があった。しかし、不意に私の体内で憤怒にも似た激情が爆裂した。

「遠回しな言い方はやめろ！　何が言いたいのか、はっきり言えよ！」

私はついにヒステリックな叫び声を上げた。高倉はその声を躱すように、一瞬、後方に上半身を反らせる仕草をした。それから、落ち着いた、しかし暗い口調で言った。

「いや、私はそれをあなたの口から言ってもらいたいんです」

この男はすべてを見抜いている。そう思った瞬間、自分でも予想外な言葉が私の口をついて出た。

「尚子は確かに、軽井沢の別荘の床下で眠っているよ」

時間が止まったようだった。静寂が支配した。空調の音さえ、私の耳からは消えていた。

やがて、尚子の断末魔の顔が闇の空洞から浮かび上がる。膨張した目から涙が流れ落ち、口からは白濁した唾液に混じって、うす黄色の吐瀉物が噴き出している。

「彼女の首を絞めながら、とても良いことをしていると思っていた。だが、レモンを搾っているのではなく、人間の首を絞めていることは認識していたから、僕は間違いなく有罪ですよ」

　私は言葉を止め、乾いた声で笑った。

「やはり、そうでしたか」

　高倉は、深い溜息を吐きながらがっくりと肩を落とした。康子も俯いたまま、凍り付いたような表情をしている。私は告白を続けた。

「動機は嫉妬ですよ。あなたを愛し始めた尚子に、僕は嫉妬したんです。僕はきっとそう告白し、世間もその説明に納得するでしょうね。だが、本当の動機は違う。僕が嫉妬心から尚子を殺したのは間違いないが、その嫉妬の原因は尚子ではなく、高倉さん、あなたの奥さんなんですよ。つまり、本来、僕のものになるはずだった康子さんを奪ったあなたに対する嫉妬だったんです。しかし、通常の因果関係を考えると、警察も世間もそんな理屈は理解できないでしょうね。尚子を殺したことが、あなたの奥さんに対する復讐になっていることなんか、誰にも理解できるはずがない。しかし、僕が尚子を殺した動機が、高倉さんと尚子が愛人関係にあったことだと報道されるだけで、僕としては満足なんだ。それで康子さんが、思い切り傷ついてくれれば、それだけで僕の計画は成功なんです。それに、そういう情状があれば、僕の罪だって少しは軽くなりますからね」

私はさらに大声で笑った。しかし、やがてその笑い声は泣き声に変わり始めた。

「ふざけるんじゃない！」

高倉の怒声が室内に響き渡った。

「あなたのような才能の持ち主が、なんでそんな愚かなことを考えるんだ！」

「愚かではない。あなたもすぐれた犯罪心理学者なら、僕の気持ちも分かるはずだ」

私は涙声を振り絞って反論した。しかし、高倉は冷静な口調に戻って、再び話し出した。

「いや、分かりません。ただ、これだけは言っておきましょう。ピアニストとしてのあなたは普通の人間ではとうてい不可能な無限の才能をお持ちになっている。ショパンが残した楽譜は紙に書かれたただの譜面に過ぎないとしても、あなたのようなすぐれたピアニストの演奏の仕方一つで、何人ものショパンが生まれるんです。そんな才能、私たちが逆立ちしたって得られるはずがない。その才能のすべてを、あなたはこんなことで台無しにしてしまった。今、私が言えることは一つしかない。尚子さんは本当にあなたのことを考え、愛していたんですよ。だから、今からでも、死者の愛を受け止めてあげてください。そうでなければ、尚子さんがあまりにも可哀想すぎる！」

高倉は不意に冷静さを失ったかのように、最後の台詞を振り絞るような声で言った。

それから、一層暗い表情で押し黙った。

周りの光景が見え始めた。うち沈んだ康子と高倉の顔。書棚の書籍。壁の電子時計の針が午後三時過ぎを指している。

もう一度、尚子の顔が浮かんだ。今度は普段の顔だが、悲しげに微笑んでいる。激しい慟哭の感情が全身を突き上げた。私はテーブルの上に、泣き伏した。

私はやがて落ち着きを取り戻し、顔を上げた。涙に霞む視界に優しく微笑む康子の顔が映った。

「ねえ、吉川君。私が主人とは意見が違って、あなたが私たちをリサイタルに招待してくれたことを好意的に解釈したのには、もう一つ理由があったのよ。今度のリサイタルの曲の中に『クシコスの郵便馬車』が入ってたでしょ。あの曲、高校時代に教室のベランダで『クラシックでは、どんな曲が好き？』って吉川君に訊かれたとき、私が答えた曲でしょ。私、本当のことを言うと、ショパンの『革命のエチュード』みたいな高尚な曲より、ああいう分かりやすい曲のほうが好きなの。でも、最初から『クシコスの郵便馬車』なんて言うと、私、吉川君に馬鹿にされるかも知れないと思って見栄を張って、『革命のエチュード』の話から始めたの。だけど、吉川君は優しく『僕も好きだよ』と応えてくれた。だから、吉川君はそのことを覚えていてくれて、今度のリサイタルであの曲を演奏してくれたんだなと勝手に思い込んでしまったの。もちろん、吉川君はもうそんなこと忘れてしまっていたのかも知れないけど」

確かに、忘れていた。だが、そんなことがあったのを思い出した。であれば、記憶から消えていたとしても、私は潜在意識の中で、あの曲と康子を結びつけていたのかも知れない。

私の頭の中で「クシコスポスト」の旋律が流れ始めた。それが「革命のエチュード」でないことに、私は奇妙な安堵を覚えていた。

# あなたと一緒に踊りたいの！

I Could Be a Party Girl.

バイリンガル・ギャル。そんな言葉が流行ったのは、もう随分遠い昔のことだったように思える。だが、確かに私はかつて、そのバイリンガル・ギャルだったのだ。

私は父の仕事の関係で、生まれてから十五歳までアメリカのカリフォルニア州にあるサン・ノゼで過ごした。父は日本の大手商社の駐在員だった。小学生になると、私は平日には地元の小学校に通ってアメリカ人の子供たちと過ごし、土曜日だけ日本語補習校で日本語による教育を受けた。

両親は日本人で、家庭では日本語が使われていたが、アメリカ時代の私にとって、母語は英語だった。私は中学生になると、日本語補習校に通わなくなった。どうしてそうなったのか、はっきりした記憶はない。

ただ、私の日本語力を心配していた父と母が積極的にそういう方向に誘導したとは思えない。おそらく、日本人の子供たちとの交流になじめなかった私が日本語補習校に通うことを嫌い、父も母も強引に通わせることはしなかったというだけだろう。

しかし、このことは、私が日本に帰国した後、決定的な負の影響をもたらすことになった。私が日本で通うことになった高校は、杉並区にある平均的な都立高校だった。成績が良かったのは英語だけで、他の科目の成績は、惨憺たるものだった。すべて、私の日本語力不足が原因なのは、明らかだった。その科目の内容を理解していないという以前に、教師が授業で使う日本語が理解できなかったのだ。

でも、今から思い返してみると、私が英語によって受けたバッシングに比べれば、その芳しくない成績などたいした苦痛ではなかったと言うべきかも知れない。英語の授業の際、教師に指示されて私が教科書の英文を読むたびごとに、教室内に押し殺したようなどよめきが起こった。私の発音がネイティブの英語そのものだったからだろう。そして、私の容姿は、どこからどう見ても日本人なのだ。

私がバイリンガルであることを知った同級生の中には、私に積極的に近づいて来る者もいた。しかし、憧れと嫉妬は、常に微妙な色域の中に溶け込み、オセロゲームのような逆転の危険を胚胎している。

特に、女子生徒の陰口が応(こた)えた。「アメリカ帰りだって言いたいんでしょ」「発音だけ良くたって、英語ができるとは限らないよ」しかし、一番傷ついたのは、ある男性英語教師の心ない言葉だった。

「もう少し、自然に発音したほうがいいんじゃない」

その教師は、笑みを浮かべながら、授業中にそう公言したのだ。

唖然(あぜん)とした。それが、私の自然な発音なのに。発音を自慢するつもりなどつゆほどもなかった。

所詮(しょせん)、バイリンガルに対する憧れは、日本語環境の中で育った日本人の中でしか成立しないものなのだろう。現実にバイリンガルである人間は、その状況に対してむしろ劣等感を抱いているのだ。バイリンガルとは、どちらの言語も完全なネイティブではない中途半端な状態を意味しているからである。

でも、私はその中途半端な状態を武器にして、都内の有名私立大学の外国語学部に合格できた。もちろん、高校の三年間で日本語力は相当に改善されていた。その結果、英語以外の科目の成績も、そこそこに伸びてはいた。しかし、日本語力に対する不安は、その後も果てしなく続くことになった。

私は大学時代、自分の日本語を磨き上げるのに、心血を注いだ。もともと、小説を読むのが好きな文学少女だった。英語では、かなりの量の文学作品を読んでいる。だから、私は今度は日本文学の作品を、日本語で読みふけったのだ。

ただ、学部・大学院ではアメリカ文学を専攻した。そして、大学院の博士課程を修了後、私は八王子にある琉北大学文学部の専任講師になった。

私は大学の二年生くらいから小説も書き始めていて、一年に一度くらいのペースで純文学系の文芸雑誌の新人賞に応募していた。そして、私が大学の専任講師になって二年目の年、ある大手出版社の文学賞の新人賞を獲得したのだ。

そのときの喜びをどう表現したらいいのか。私はただ心の中で涙を流して、日本語に関わる過去の苦節を走馬燈のように思い浮かべ、受賞の喜びを嚙みしめていた。私の文学的才能が認められたことが嬉しかったというより、私の日本語能力が認められたことが嬉しかったのだ。

就職先の大学では、バイリンガル教員の需要は高かった。日本人教師でも、すべての授業を一切日本語を交えずに、英語だけで行うことが推奨されていたのだ。

そういう時代の風潮に対して、日本人のベテラン教授の中には、露骨な反発を示す者もいた。日本において英語教育を受けた者は、英語の専門家と言っても、特に英語を話したり、聞いたりすることにかけては限界があり、その限界が英会話熱に浮かれる世間の軽薄な揶揄の対象になることに耐えられないのだ。

かつてのバイリンギャルは、そういう教授たちにとっては、憎しみの象徴だった。私が琉北大学に勤めて、今年で五年目になるが、その間、英米文学科の中でさえも、昔の苦痛を思い出さざるを得ないようなバッシングに遭遇していた。おまけに、私には有名文学賞を受賞した新人作家という肩書きが加わったのだ。私に嫉妬が集中するのも、ある程度やむを得ない面があった。

だが、私の我慢にも限界がある。一番耐えがたいのは、学科主任の天宮耕三だった。天宮は、よほど私が気に入らないと見えて、時間割や担当科目について、明らかな悪意を持って、私が一番困ることを仕掛けてきた。

専任教員のノルマコマ数は六コマだったが、時間割担当教員と結託して、私のコマをできるだけばらばらの曜日に配置しようとする。その結果、私は普通なら三日で済む出勤日が四日になっていた。さらには、私の人気科目を別の教員に担当させようと画策したりする。

でも、天宮のこういう確信犯的悪意には、嫉妬以上の理由があるのは分かっていた。

天宮はすでに五十を超えていたが、いまだに独身だった。

私が琉北大学に入った一年目の年には、天宮は今と違って随分親切で、私のためにいろいろと便宜を図ってくれた。何度か、お茶や食事に誘われたこともある。最初は、他の女性教員を含む複数の人間と一緒だったから、私も抵抗なく応じることができた。

だが、天宮はやがて個別的に私を誘い始めた。私と天宮の年齢差は、二十歳以上あったから、私も独身とはいえ、天宮など恋愛の対象ではなかった。いや、本音を言えば、年齢差の問題でもなかったのだろう。仮に、その年齢が私に近かったとしても、天宮は私が恋愛対象として選ぶはずのない相手だった。

天宮は眼鏡は掛けていない。妙にのっぺりした印象を与える顔立ちで、薄い眉も特徴的だった。それに、頭頂部がすでに薄くなり始めている上に、突き出た腹が十分に目立つ体型である。

身長は一六〇センチ程度で、男としてはけっして高くなく、小太りという表現がもっともふさわしい。要するに、天宮は外見的にも女性を惹き付ける魅力がいっさいなかった。

それにも拘わらず、天宮が私を恋愛対象としてみなしていたのは確かだろう。いや、それ以上に、年齢のいっている天宮は、私を結婚対象として見ていたのだ。実際、大学近くの喫茶店で、そんなことを仄めかされたこともある。

だから、私が天宮の誘いに応じて、お茶や食事に付き合ったのは、大学に勤めてから一年以内のときだけで、そのあとはあらゆる口実をつけて断っていた。そんな中、天宮の私に対する態度は徐々に硬化し、今では私を目の敵にしている雰囲気なのだ。

天宮は学科内ではいわばボス的存在だったから、表だって天宮を批判する者などほとんどいない。私との確執でも、天宮を支持して、私を批判する声のほうが圧倒的に多いのだ。何しろ、天宮は私的怒りは上手く隠蔽して、私に対する批判を、公的で客観的なものにみせるのが、実にうまいのである。

バイリンガルを売り物にしている。二足の草鞋。これが、鏑木由香という三十三歳の女性専任講師に対して寄せられた批判の二本柱だった。

専任講師は普通三年程度で、その間に論文などの業績を積めば、准教授に昇格することができる。ところが、就任から五年経っても、私は専任講師のままだった。昇格の提案は、学科から教授会に上げられるため、天宮が学科会議に掛けない限り、理論的には私の昇進案件など検討されようもないのだ。

私が准教授に昇格できない客観的な理由など何もなかった。だが、私は昇格などにこだわっていなかったので、特に天宮に掛け合うこともなく、そのままにしておいた。

むしろ私のために憤ってくれたのは、同じ学科に所属する水野志保だった。志保は学部・大学院以来の大親友である。

志保は清楚な印象の端整な顔立ちをした女性だった。子供はいなかったが、すでに結婚している。相手は日本の大手商社に勤めるスウェーデン人男性だ。

志保は控え目な性格だったが、見た目以上に芯の強い女性で、理不尽な政治的圧力に屈することもなかった。志保は私の知らない所で、私を昇格させるように他の教員に働きかけているようだったが、やはり天宮の厚い壁に撥ね返されていた。

志保自身はすでに准教授に昇格していた。だから、志保にしてみれば、先に就職しているとは言え、同じ経歴と年齢なのに、自分が准教授で私が専任講師であることに、居心地の悪さを感じていたのかも知れない。

志保は私の小説の良き読者であり、理解者でもあった。いや、私にとっては、それ以上の存在だった。私は小説に行き詰まると、しばしば志保に相談し、貴重なアドバイスを受けていた。志保は研究者としての能力が高いだけでなく、文学的センスにも優れていて、シェイクスピアが専門なのに、現代の日本文学作品も私以上にたくさん読みこなしていたのだ。

私が新人賞を受賞したことを出版社から知らされた翌日の夜、志保は銀座のイタリア料理店で二人だけの祝賀会を開いてくれた。そのとき、私は志保に向かって、こう言った。

「私が受賞できたのも、本当に志保のおかげ。内容に関するアドバイスをもらっただけじゃなく、所々ヘンな私の日本語も直してくれたし」

これは必ずしも私の感謝の気持ちを誇張して表現したものではない。実際、私はいまだに日本語に対するトラウマを抱えており、志保は控え目ながらも、いくつかの表現を直してくれたのだ。

「何言っているのよ。私のアドバイスなんか何の役にも立っていない。受賞できたのは、あなたの才能と努力の賜（たまもの）に決まってるじゃない」

志保はあくまでも謙虚に、やわらかな笑みを浮かべて言った。

「そんなことない。志保のアドバイスがなければ、絶対に受賞できなかった。今、来月の授賞式のときの挨拶の言葉を考えているんだけど、私、志保のことを言おうと思ってるの。この賞は私と志保の二人で受賞したようなものだって」

私の言葉に、志保は若干、表情を曇らせた。

「そんなこと言ったら、私、本当に友達の縁を切るからね」

思いのほか厳しい口調だった。私は一瞬、絶句した。だが、志保はすぐに笑顔を取り戻して言った。

「もっと自信を持って。私はあなたの才能を絶対に信じているんだから。私はあなたのそばにいて、あなたが発表する作品を読ませてもらうだけで幸せなの」

熱いものがこみ上げた。あるいは、私の瞼には実際に薄らと涙が滲んでいたかも知れない。こんな志保と同じ大学に勤めているなら、天宮のどんな嫌がらせにも耐えられると思ったのだ。

ただ、志保は病弱で、心臓に問題を抱えていたため、私はそれが心配だった。心室細動と呼ばれる不整脈が時々出るらしく、私は何度か大学で志保が真っ青な顔をしているのを見たことがある。

しかし、志保によれば、その病気に対する決定的な治療法はないらしく、対症療法に頼るしかないという。それを聞いて、私は心配を通り過ぎて、不吉な予感さえ覚えた。

私が琉北大学に入った翌年、犯罪心理学者の高倉孝一が教授として赴任してきた。高倉は、良きにつけ、悪しきにつけ、超有名人だった。高倉は、もともとは新宿にある東洛大学の教授だった。ところが、とんでもない連続殺人鬼との対決に、自分のゼミ生を巻き込み死なせてしまったために、東洛大学を辞職していたのである。

高倉が警察と協力して対峙した事件は、当時、テレビや新聞などのマスコミが大々的に取り上げ、高倉は一時、マスコミの寵児として祭り上げられていた。それだけに、彼が犯した致命的なミスで学生が犯人に殺害されたときの、掌を返したようなマスコミのバッシングには、すさまじいものがあった。

高倉は三年ほど浪人生活を送り、やがて九州の博多にある女子大に任期制の特任教授として就任し、その後、琉北大学に移ってきたのだ。

高倉がやって来てから二年目の年、私は高倉と同じ「奨学金選考委員会」のメンバーになった。それをきっかけとして、私は徐々に高倉と話し始めた。この委員会には志保も入っていたので、私たちはときおり三人で雑談するような関係にもなっていた。

話してみると、高倉は実にさわやかな人物である。年齢は天宮に近かったが、それ以外は、何から何まで、天宮とは正反対だった。長身な上に、顔立ちも整っていて、女子学生から圧倒的な人気があるというのもうなずける。だが、やがて、この高倉をも巻き込む不快な出来事が勃発(ぼっぱつ)した。

ある日、私は文学部長の寺島祐介(てらしまゆうすけ)に文学部長室に呼び出された。寺島は英米文学科とは無関係な、歴史学科の教授である。

寺島はやや当惑した表情で、用件を切り出した。

「実は、鏑木先生に関する、妙な文書が学内便で私の所に回ってきましてね。私もどう扱っていいか迷っておりまして、それでとにかく先生とご相談したいと――」

寺島は言いながら、「文学部長寺島祐介先生」と書かれた白い封書を差し出した。私は軽い胸の鼓動を感じながら、すでに開封されている封書からA４判のコピー用紙一枚を取り出した。ワープロの印字が目に飛び込んで来る。

　突然、お手紙を差し上げるご無礼をお許しください。

　私は、火曜日三時限目に行われている鏑木由香先生の「アメリカ文学の諸相」を受講している男子学生です。優秀な研究者であり、世間に知られた小説家でもある鏑木先生を、私は以前から尊敬しており、ぜひこの授業を取りたいと思っておりました。ところが、私は先週の授業で先生からひどい叱責（しっせき）を受け、「二度と授業に顔を出すな」と言われてしまいました。その理由は、私が授業中、スマホを操作していたからですが、別にメールを送るなど授業と無関係なことをしていたわけではありません。そのとき、先生はメルヴィルの『白鯨（はくげい）』の話をされていましたので、その作品が発表された年を知りたくて、検索していただけなのです。それでも、授業中は教授の話を聞くべきで、そういう行為をすべきでないという意見は分かりますし、その点では私も深く反省しております。しかし、この程度のことで、授業の受講停止を言い渡してよいものでしょうか？　学生にとって、授業に出席できなくなることは単位を失うことを意味し、言うまでもなくこれは決定的なことなのです。授業中、スマホでメールを送ったり、私語をしたり、居眠りをしたりする学生はいくらでもいます。それに比べて、繰り返しになりますが、私は授業に関連する事柄をスマホで検索していただけなのです。それなのに、ろくに弁明の機会も与えられずにいきなり受講停止を言い渡されるのは、あまりにも理不尽で、これはまさにパワハラそのものではないでしょうか。

一方では、学生に対してそんなに厳しい態度を取る鏑木先生が、自分の好みの男性教授を研究室に連れ込んでいるのを私は知っています。相手の先生のお立場もあるでしょうから、具体的なお名前を書くのは控えますが、その先生には奥様がいらっしゃいます。先々週の火曜日、つまり、私とのトラブルがあった前の週、「アメリカ文学の諸相」の授業のあと、鏑木先生とその先生が、ストッパーも使わずに、鏑木先生の研究室で二人だけの濃密な時間を過ごされたことは、調べてもらえば分かることです。

私の御願いは、二つありますが、それほど難しいものではありません。一つは、受講資格停止の解除です。もう一つは、誠に申し上げにくいことですが、鏑木先生の大学教員としての適性を再審査し、しかるべき処分を下していただくことです。最初はハラスメント防止委員会に訴えようと思いましたが、それでは全学的な問題になってしまい、文学部が立場を失うことになると思い、学部長に直訴させていただくことにいたしました。なにとぞこういう私の気持ちをご勘案(かんあん)の上、適切なご対応を宜しくお願いいたします。

読み終わって、思わず怒りがこみ上げた。

しかし、私は比較的落ち着いた口調で言った。

「記名がありませんね」

「ええ、ですからこれは怪文書の類いと見なさざるを得ないのですが」

その通りだった。だが、私にとって、これほど底意の知れた怪文書も珍しかった。

「ただ、文章はしっかりしていて、かなりまともにも見えるのですが」

「まともに過ぎますよ！」

私は間髪を容れずに、言い放った。

「どういう意味ですか？」

寺島は怪訝な表情で訊いた。

「学生が遣うとは思えない言葉がいくつかあります。受講停止、全学的問題、ご勘案。それに再審査という言葉も、普通の言葉に見えて、文脈を考えると、学生が遣うのは不自然です。というのも、この文章を書いた人物は、大学教員の採用システムを知っているような印象を受けるからです。ご存じのように、大学教員が採用される場合は、選考委員会によって経歴や業績の審査を受けるわけですが、それをやり直せという意味で、再審査という言葉を遣っているとも感じられるんです。それは、大学教員の採用システムなど分かっていない学生には、あり得ない発想です。また、学内便の存在を学生が知っているとも思えません」

「じゃあ、ここで書かれているような学生とのトラブルもなかったと言うんですか？」

寺島は困惑しきった表情で訊いた。

「いいえ、ありました。学生の名前も分かっています。高平健吾という学生です。ただ、私の申し上げていることは、この文を書いたのは、高平君だとしても、明らかに教員の知恵が入っているという意味です」

「そうですか。しかし、それはひとまず措くとして、現実的な対処の問題として申し上げると、この学生との授業におけるトラブルに関しては、解決はそう難しくはないと思うのですが」

寺島が学部長として、できるだけことを穏便に済ませようとしているのは、何となく分かった。

「先生は、確かその授業は英語で行っているのでしたね」

寺島は、確認するように訊いた。私は無言でうなずいた。

「でしたら、その高平という学生の英語力不足による誤解もあるんじゃないでしょうか？ たぶん、彼は先生のように英語で自由に自分の意思を表現できず、その結果――」

「いいえ、そうじゃありません」

私は寺島の言葉を遮（さえぎ）った。

「私はそのとき、日本語で彼を注意しましたから、彼も日本語を使えたはずです。私が英語で話しているときは学生も原則日本語禁止だけれど、私が日本語を話しているときは、学生も日本語を話すことができるんです。でも、彼は一言も言い訳をしませんでした。たぶん、できなかったんだと思います」

私は言いながら、そのときの授業の状況を思い出していた。

高平は最前列の右端に座っていた。私は彼の手の怪しい動きに気づいていた。彼がスマートフォンに触れていたのは確かだが、それを使って何かを検索しているようには見えなかった。下から嘗（な）め上げるようなスマートフォン画面の動きを確信したとき、私は語気鋭く日本語で注意した。

「そこのあなた、スマホを操作するのはやめてください。出て行ってください。もう授業には来ないで」

五十人くらいの中教室での授業だったが、出席していた学生たちは私の剣幕に驚いたのか、水を打ったように静まり返った。だが、実際に何が起こっているのかを分かっている学生はほとんどいなかったはずだ。高平は青ざめた表情のまま、教室を去った。

「彼はスマホで何かを調べていたのではありません。彼は私を盗撮していたんです」

私の言葉に、寺島は緊張を露わにして黙り込んだ。だが、私の言ったことは嘘ではなかった。その日は初夏らしい気候で、私はいつもよりは若干短い、膝上十五センチ程度のエクルベージュのスカートを穿いて、授業を行っていた。そして、高平のスマートフォンのカメラは、明らかに私の下半身を狙っていたのだ。

もともと高平のことは警戒していた。授業終了後、私に近づいてきて質問することがあったが、質問内容が空疎な上に、私の体を見据えるその視線がどこか異様だったのだ。

「本当ですか？」

寺島は、しばらくしてようやく、痰の絡んだような声で訊いた。

「ええ、間違いありません。もちろん、私は彼の立場も考えて、ただ彼がスマホを使っていたので退席を求めたように装いましたから、他のほとんどの学生は本当の理由を知らなかったはずです。しかし、彼自身は私の配慮が分かっていたと思います。別に抗弁することなく、外に出て行きましたから」

私がこのことを相談したのは、志保だけである。私としては、ことを公にしたくなかった。正式に学部に届ければ、当然、大事になり、学生には停学処分などのペナルティーが科せられるだろう。

私は一方的な被害者なのだから、そうなっても何も罪の意識を感じる必要はないのかも知れない。だが、今、私を取り巻く様々な環境を考えると、それも得策とは思えなかった。

志保にさえ、笑いながらではあったが「授業のとき、そんな短いスカートを穿いたらダメよ」と言われてしまった。もっとも、志保も私の気持ちを完全に分かっていて、この事件を学部に届ける必要はないと言ってくれたが。

だが、ある意味では私の読みは外れていた。私は高平があのまま、授業に来なくなって、一件落着するものと踏んでいたのだ。だから、こんな反撃は意外だったし、だからこそ、その背後に天宮の影を感じていたのである。

「高平君は、天宮ゼミの学生なんですよ」

私は、幾分、唐突（とうとつ）に言った。

「えっ、そうなんですか？　まさか、鏑木先生、この怪文書には天宮先生が一枚嚙んでいると仰（おっしゃ）りたいんじゃないでしょうね？」

寺島が深刻な表情で訊いた。寺島も、私と天宮の不仲を噂話としては聞いているような口吻だった。

「とんでもありません！　こんな質の悪いことを天宮先生がそそのかすなんてあり得ません。ただ、ゼミの先生は高校で言うクラス担任の役割も果たしているわけですから、高平君が天宮先生に相談したことはあるかも知れないと思って」

私の発言に、寺島は微妙な表情を作って、一瞬、黙り込んだ。それから、話題を変えるように恐る恐る訊いてきた。

「それと、まことにお訊きしにくいことですが、この怪文書の後段のほうに出てくる男性教授のことですが」

だが、私は寺島に最後までは言わせなかった。

「ああ、それは高倉先生のことだと思います。先々週の火曜日、三限の授業終了後、先生が私の研究室にいらしていたのは事実です。でも、それは奨学金選考の業務に関わることで、打ち合わせをしていただけですから」

これは本当のことだった。つまり、私はその点についても完全に潔白だったのだ。

「そうですか。それでしたら別に問題はないのですが。ただ、こんなことを言ってはなんですが、先生も高倉先生も、マスコミに名の知れた有名人ですからね」

寺島は溜息交じりに言った。暗に「ですから、普段の行動には気を付けてもらわなければ困ります」と仄めかしているようにも聞こえた。だが、実際にはそれほどの底意はなかったのだろう。その表情は、私の説明に納得しているように見えた。

「確かに、天宮先生の影を感じるね」

志保も私の意見に賛成のようだった。私は志保の研究室を訪問していた。私と志保の研究室は、研究室棟と呼ばれる建物の五階にある。私が最も東寄りの角部屋で、隣室が志保の部屋だ。私の部屋から一番奥にある最も西寄りの角部屋が、天宮の部屋だった。

「やっぱり、部屋の扉にストッパーを掛けなかったのは、まずかったかしら。でも、そんなことすると、高倉先生に失礼だと思っちゃったの」

「高倉先生には、このことを話したの？」

「うん、話した。高倉先生を巻き込んだら悪いと思ったけど、やはり話しておいたほうがいいと思ったから。先生、特別なコメントもせず、苦笑いしていた。あんな荒唐無稽な話、先生としても何とも言いようがなかったんでしょ」

「そうでしょうね。でも、とうぶん、様子を見るしかないのかも知れないわね。学部長も怪文書であることは、認めているわけだから。その学生が、本名を名乗って、正式に抗議してくることもないんじゃないかしら」

「でも、高平君が天宮に相談した可能性は高いと思うの。だから、このまま この件が終わりになるとは思えない」

私は、高平よりやはり天宮にこだわっていた。

「でも、その場合も、その学生は単にスマホを操作していて、あなたに教室から追い出されたと天宮先生に説明していて、本当のことは言わなかったんじゃないかしら。そうだとしたら、天宮先生があなたの対応を理不尽だと感じるのは、ある意味では当然で、その学生に抗議するように、けしかけてもおかしくないでしょ」

それは私も志保と同じ考えだった。いくら天宮でも、高平が盗撮をしていたことを知った上で、なおかつあんな抗議文を書くことを勧めたとは思えない。

「ねえ、この件、私に任せてもらえないかしら」

志保が、私の目を覗き込みながら言った。

「任せるって？」

「私、『奨学金選考委員』の他に『資料室委員』もやってるんだけど、天宮先生も同じ委員なの。来週、委員会があるから、私、そのあとで先生に話してみようと思うの」

「でも、志保にそんなことしてもらったら悪いわ」

「気にすることなんかない。私が由香にしてあげられることって、これくらいしかないから」

その言い方に妙に元気がないことが気になった。私は、志保の心臓の具合が悪化したのではないかと不安になった。だが、口には出さなかった。心臓病は神経症的な側面が強く、他人(ひと)から心配の言葉を掛けられること自体がストレスになることを、志保から聞いていたからだ。

「ありがとう。そうしてもらえると助かるわ」

私は、素直に志保の申し出に応じた。正直、天宮との確執には疲れ果てていた。これ以上、天宮との緊張した対峙が続けば、私自身が壊れてしまいそうに思えた。

私と志保はネイビーブルーの応接セットに横並びに座っていた。七月の初めで、志保は薄いブルーのスラックスに、白い長袖のブラウスを着ていた。そのブラウスの胸元が、若干、V字に切れ込み、その清楚で端整な顔の印象とは不均衡(ふきんこう)な豊かな胸の隆起が覗いていた。

私は不意に体を横に倒し、志保の胸に顔を埋めた。私は何故か涙ぐんでいた。

「どうしたの？」

志保の左手が私の耳元を優しく撫で上げた。嬉しかった。私の行為が、志保に拒否されるのを恐れていたのだ。

私は、しばらくの間、無言で顔を志保の胸元に埋めたままにした。石鹸のようなさわやかな香りが私の鼻腔を衝く。志保の柔らかい手は、私の耳たぶを愛撫し続けた。

「ねえ、今日は、私も由香に少し話したいことがあるの」

私が体を起こすと、志保が私に言った。志保の目は、私をまっすぐに見つめていた。


それから二日後、私は志保の研究室で、高倉と鉢合わせになった。

「鏑木先生、ちょうどいいときに来てくれました。こういうことは、私に訊くより、鏑木先生のほうがいいと思います」

私を見るなり、志保が明るい声で言った。志保と高倉は互いを見つめ合い、申し合わせたような微笑みを浮かべている。ただ、志保の口調は高倉の前であることを意識してか、妙に他人行儀だった。

「何のこと？」

私はいつもと変わらない口調で志保に訊いた。

志保はデスクに座り、ノートパソコンを見つめていた。その横に高倉が立って、ユーチューブの動画を覗き込んでいる。画面の中では、私がよく知っている明るい曲に合わせて、楽しげなダンス風景が繰り広げられていた。

歌い踊っているのは、若い白人女性と黒人女性のユニットだ。その歌声とダンスに観客たちの手拍子と歓声が加わる。広場のような場所だった。

「私が水野先生に面倒な御願いをしてしまったんです。どうにも、この曲の歌詞が聞き取れないものですから」

高倉は若干、照れたように笑いながら言った。その曲はフォスターの「おおスザンナ」だった。私にとっては、懐かしい曲だった。アメリカに住んでいた頃、小学校の授業でよくこの歌を歌ったものだ。

私は昔からこの歌を聞くたびに、複雑な気持ちになった。明るく楽しげなリズムであるにも拘わらず、私には何故かもの悲しく響くのだ。フォスターは白人なのに、黒人を主人公にした歌を作ることを何となく不思議に思っていた記憶もある。

この歌は、アラバマから、スザンナという女性に会うためにルイジアナへ出発した黒人と思われる「私」が、その旅の行程で遭遇する苦難の出来事を、おもしろおかしく歌い上げたものだ。ただ、「もしスザンナを見つけられなかったら、私はきっと死ぬだろう。でも、私が死んで埋葬されても、けっして泣かないでおくれ」という最後の歌詞が妙に耳に付くためか、「私」がスザンナに会うことはないという印象を、私は子供の頃から抱き続けていた。

それにしても、犯罪心理学者である高倉が、何でこんな歌に興味を持つのか。

「高倉先生、この歌がお好きなんですか？」

私は意識的に明るい声で訊いた。

「ええ、結構好きなんです。この曲は、まさにアメリカ人にとって、国民歌謡でしょうから、ユーチューブには、いろんなバージョンが出ていますが、私の英語力ではこの二人が歌う歌詞だけが、何と言っているかまったく分からないんです。分からないとなると、是が非でも知りたいと思うのが人情でしてね。それで、今、水野先生にお訊きしていたんです」

どうやら、高倉がこの歌の歌詞を知りたがっているのは、研究のためというより、個人的な興味のようだった。ただ、私はそんなことより、志保が高倉とこれほど親しいことに驚いていた。

私は、ひとまず、その歌詞に耳を傾けた。すぐに分かった。

「これ、替え歌ですね」

「替え歌？」

高倉は驚いたように、上半身をのけぞらせるような仕草をした。

「ええ、『おおスザンナ』の本来の歌詞はさびの部分だけで、あとは全然違う歌詞になっています」

私がそう言ったとき、画面では女性黒人歌手の顔がアップになり、極端な小声で歌う場面になっていた。

「ここなんです。私が特に分からないのは」

確かに、声を抑えた、ほとんどつぶやきに近い歌い方だった。私はさらに集中して、耳を研ぎ澄ました。

I could be a party girl

You are my everything
Take a chance on me, let's go for a ride

But when the party's over, you gotta say goodbye
One day I will be back in town, don't you cry!

あなたと一緒に踊りたいの
あなたは私のすべて
私に運を任せて、盛り上がろうよ

でも、パーティーが終わったら、サヨナラね
いつの日にか、きっと町に戻ってくる　だから、どうか泣かないで！

私は何故かぎょっとしていた。志保がその替え歌に仮託して、私に囁いているように感じたのだ。思わず、志保の顔を見た。だが、その表情に、特に変化はない。

前段は、志保に対する私の気持ちを表現しているように思えた。「あなたは私のすべて」の「あなた」とはまさに、私にとって志保のことだった。だが、後段は、私の呼びかけに対する志保のネガティブな応答のようにも聞こえたのだ。

「高倉先生、これ全部英語で書き起こして、あとでメールでお送りしますよ」

私はふっと我に返ったように言った。ユーチューブの画面は、再び、大きな歓声と手拍子に変わり、

「おおスザンナ、私と一緒に踊ろうよ（Oh Susanna! Come on and dance with me）」の大合唱になっている。

「いえ、そこまでしていただいては申し訳ない」

高倉が慌てたように言った。

「いいえ、いいんです。私も十九世紀のアメリカのミンストレル研究に少し興味がありますから、これは自分のためでもあるんです」

私の言ったことは、満更嘘ではない。その頃のアメリカでは、白人が顔を黒く塗りたくって、黒人に扮（ふん）するミンストレルショーが流行っていたのである。だが、そう言った本当の理由は、早く高倉をその部屋から追い出して、志保と二人だけになりたかったからだ。私には志保と喫緊（きっきん）に話し合わなければならない重要な用件があった。

「じゃあ、すみませんが、鏑木先生に御願いしちゃおうかしら。私の能力ではちょっとムリみたいだから」

相変わらず、謙虚な志保だ。無理なわけがない。そういう風にいつも他人（ひと）を立てるのが志保の性格だった。だが、私はすでにこの歌詞に私たちの関係を示す暗示性を読み取っていたから、志保の言葉に複雑な心境になった。

高倉が帰ったあとでの、志保との話し合いは、結局、堂々巡りに終わった。私はいったん説得を中断し、翌週まで間（ま）を置こうと思った。しかし、その間（あいだ）に私にとって決定的な打撃となる悲劇が発生した。

志保が心不全で急逝（きゅうせい）したのだ。私の悲しみとショックがどれほどのものであったか、容易に想像が付くだろう。私はしばらくの間、生きる屍（しかばね）状態に陥（おちい）った。

志保が死んだのは、彼女自身の研究室の中だった。研究室棟の閉館時間である午後十一時を過ぎても、部屋の電気が消されていないことを示すランプが警備員室の電光板に点灯していた。不審に思った警備員が確認に行き、ソファーで仰向けに倒れている志保を発見したのである。

すぐに救急車が呼ばれたが、救急隊員は志保を病院に搬送することはしなかった。すでに死亡していることは明らかで、顎や首には死後硬直が始まっていたのだ。

一応不審死と見なされ、行政解剖が行われたが、明確な死因も特定されなかったらしい。ただ、志保には心室細動などの心臓病での通院歴があることや、索条痕や扼痕などの外傷も一切なかったことを総合的に判断して、解剖医は「心不全」、つまり「心臓麻痺」という判定を下したという。

その日は金曜日で、志保はいつも研究室で午後十時近くまで仕事をするのが普通だった。学会誌に掲載する論文の準備をしていたようだ。

私はその同じ日に、一度、志保に会っていた。午後四時過ぎ、志保が私の研究室を訪ねてきて、天宮との会談結果を伝えたのだ。私を訪ねる直前、志保は天宮に会い、一時間程度話したという。

志保の報告は、私たちの想像とそれほど隔たってはいなかった。天宮は、高平から相談を受けたことは認めたが、盗撮のことは知らなかったと主張した。だから、当然、私の対応が不適切だとは、高平に言ったらしい。文書で抗議しろと高平をそそのかしたことは認めなかったが、志保の印象では、高平にそう受け取られかねない発言をしたことは十分に推測可能だという。

「由香の言う通り、あの文書の文言上のヒントを与えた可能性もあるわ。だって、あの先生、盗撮の事実を聞いて、とっても焦っていたもの。急にあの学生は普段から挙動がおかしく、精神的に問題があると思っていたみたいなことを言い出したの。今後は何か言って来ても相手にしないって言ってたから、この件に関しては彼が積極的に関与することはもうないんじゃないかしら」

だから、その問題で私と志保が話したのは、ほんの十分程度だった。私はそのあと、また例の説得を始めた。しかし、志保はいつになく、厳しい口調でぴしゃりと言った。

「由香、もう言わないで。決めたんだから」

私はやむなく自分の部屋に戻った。しかし、私は諦めきれず、自宅には帰らず、締め切りが迫っていた文芸誌用の短編を自分の研究室で書き続けた。部屋にいれば、隣室の様子が分かる。志保が帰ろうとするときに一緒に出て、もう一度だけ、最後の説得をしようと思っていたのだ。

「では、あの日は、あなたは水野先生より、先に帰られたのですね」

志保の死から一週間後、私と高倉は、三鷹（みたか）にある喫茶店で話していた。二人とも授業がある日だったが、午前中で終わりだったので、大学からの帰りに待ち合わせたのだ。

あの怪文書のせいで、どちらかの研究室で話す気にはなれなかった。平日の午後二時過ぎで、幸いなことに、喫茶店内はひどく空いている。

「ええ、そうなんです。私も研究室で執筆していたのですが、調子が出ず、志保より先に帰ってしまったんです。タイミングが合えば、一緒に帰ろうと思っていたのですが」

高倉は先を促すように、軽くうなずいただけだった。

「私、彼女の死について、とても気になることがあるんです。それで、今日、高倉先生にご相談させていただこうと思って」

私はうち沈んだ声で言った。その日、高倉の研究室に電話を掛けて、アポイントメントを取ったのは、私のほうだ。高倉は私が何か言いたいことがあるのは分かっていたはずである。

「気になること？」

高倉は冷静な口調で応じた。

「ええ、確か午後八時半頃、志保の部屋をノックする音が聞こえたんです。扉が開いて、中に誰かが入っていくのが分かりましたので、お客さんだなと思いました。時間が掛かりそうだったから、私は志保を待たずに先に帰ってしまったんです」

「気になることと言うのは、そのノックの主と水野先生の死が、何か関連しているという意味ですか？」

高倉は、今度は単刀直入に訊いた。

「ええ、もちろん、志保は病死ですから、直接関係しているというよりは、その訪問者との話し合いで、何かとてもショックなことがあったんじゃないかと思っているんです。持病の不整脈の引き金になるような。特に最近、先生もご存じのように私と天宮先生の間に入って、いろいろと調整してもらっていたので、その訪問者はそのことでやって来たんじゃないでしょうか。そうだとしたら、私、本当に彼女に申し訳なくて」

私は志保が高倉にも私のことを相談しているだろうという前提で話していた。怪文書の件は、私自身が高倉に話していたが、天宮と私のその他の確執についても、志保の口から高倉に伝わっているはずだと思っていたのである。

「先生は、その日は何時頃、研究室からお帰りになったのですか？」

高倉が訊いた。私と天宮の確執をどの程度知っているかには触れず、妙に具体的な質問だった。

「九時頃だったと思います」

「そうですか。水野先生の顎や首には死後硬直が始まっていたそうですから、死後二、三時間くらい経っていたはずです。従って、水野先生が亡くなったのは、救急車が到着して、救急隊員が死亡を確認した午後十一時半から逆算して、午後八時半頃から九時半頃の間と推定されますね。もちろん、行政解剖が行われていますから、もう少し正確な死亡推定時刻は出ているでしょうが。そうすると、確かに、論理的にはその訪問者と水野先生の死には何らかの因果関係があるとも考えられる――」

高倉は最後のほうは考え込むように言った。

「私、その訪問者は天宮先生かも知れないと考えているんです。先生も、私と天宮先生の確執については、志保からお訊きになっていますよね」

私ははっきりと訊いた。

「いいえ、水野先生があなたについて私にそういう話をしたことは一切、ありません」

意外だった。だが、高倉が嘘を吐いているとも思えなかった。だいいち、嘘を吐く理由がない。

私はここで私と天宮の確執について、洗いざらい話した。怪文書の黒幕は、天宮だと断言さえした。

「なるほど。確かに私があなたの部屋にいることをその高平という学生に教えたのは、天宮先生かも知れませんね。彼の研究室はあなたと同じ階にありますから、東西の角部屋で一番離れていると言っても、せいぜい数十メートルの距離です。人の出入りは分かるはずですから、私があなたの部屋に入るところをたまたま見たのでしょうね」

高倉はこう言ったものの、いかにも気のない言い方だった。まるで、そんなことは、この場合、どうでもいいと言わんばかりだった。

「しかし、その訪問者は天宮先生ではないと思いますよ」

高倉は、幾分、気むずかしい表情になって言った。

「じゃあ、高平君でしょうか。水野先生から私のことで抗議を受けたと天宮先生から叱責された彼が、文句を言うために水野先生のところにやって来たと――」

「可能性としては考えられますが、それも事実ではない」

「どうして、そんなことが断言できるのですか？」

私はつい気色(けしき)ばんだ。何故か激しい苛立(いらだ)ちを覚え、心臓の鼓動が激しく打ち始めた。

「簡単ですよ。その訪問者は私だからです」

高倉は私の詰問を躱すかのように、ごくあっさりした口調で言った。それから、落ち着き払った態度で、目の前のコーヒーを一飲みした。私は啞然としていた。

「しかし、問題はその訪問者が私だったことではありません」

そう言いながら、コーヒーカップをテーブルに戻すと、高倉はじっと私を見つめた。微妙な沈黙が流れた。

「問題はそのことについて、何故あなたが私に嘘を吐いたのかということなのです。いや、正確に言えば、嘘というより、何故あることに言及しなかったのかということなのです」

私は動揺し、混乱していた。それを聞いても、高倉の言っていることが理解できなかった。

「あなたは、午後九時頃、研究室を出たと仰いましたね。しかし、八時三十分頃、水野先生の研究室に入った私がそこにいたのは、ほんの五分程度ですから、九時までは研究室にいたと仰るあなたは、私が帰るときの、隣室の扉の開閉音を当然聞いていなくてはならない。もちろん、その間、トイレに行くなどあなたが部屋を離れた可能性はありますが、私が帰るときに外の通路に出たとき、あなたの研究室には明かりが点っていて、その中から物音が聞こえていたのを私は覚えているんです。つまり、あなたは間違いなく、室内にいらっしゃった。しかし、あなたは訪問者がやって来たとは言ったが、すぐに帰って行ったことには言及されなかった。だから、あなたがそれをあえて仰らなかったと考えるしかない。これは、故意の証言回避という意味では、やはり嘘の一種と考えていいのかも知れません」

「何故、私がそれをあえて言わなかったとお考えになるのですか？」

私は掠(かす)れた声で訊いた。

「その訪問者が最後の訪問者でなかったことが分かってしまうからではないでしょうか。それはそのあとに、別の訪問者がいたことを示唆することにもなりかねない。これは推測ですが、私が帰ってしばらくしてから、あなた自身が水野先生の部屋に入って、ある話し合いが行われた」

私は、一瞬、沈黙した。図星だったのだ。

「どうして分かったのでしょうか？」

やがて、私は相変わらず掠れた声で訊いた。

「あなた自身がそれを告白したがっているのだから、分かるのは当たり前でしょう」

高倉はそう言うと、真剣な表情で私の目をもう一度じっと覗き込んだ。

「そもそも、今日の面会を申し込んできたのは、あなたのほうからですよ。あなたは別に私に会わなければならない理由なんかなかった。それに午後八時半頃、水野先生の部屋をノックする音を聞いたことにあえて言及することもなかった。水野先生には心臓病の既往歴があり、現に治療中でもあったのだから、警察が何かを疑う可能性は低い。それでも、あなたは疑われるのを過剰に恐れて、天宮先生や高平という学生に言及することによって予防線を張り、あえて第三者の関与を疑わせる情報を出そうとしていた。だが、それがブーメランのように最終的には御自分に戻ってくるのを意識していたんだと思いますよ。そんなアンビバレントなあなたの感情が私には手に取るように分かった。私が水野先生の部屋からすぐに帰ったことについてあなたが触れなかったとき、私はそのあとであなたが水野先生に会い、そこで何か決定的なことが起こったんだろうと直感したんです」

私と高倉の視線がぴったりと合った。私はこの瞬間を待ち望んでいたかのように大きく頷いた。

私は志保の研究室で最後の説得を試みていた。志保は突然、大学を辞めて、夫と一緒にスウェーデンに行くと言い出していたのだ。夫の勤める商社で人事異動があり、夫はスウェーデンのストックホルム支社に勤めることになったという。会社側は今後の転勤がないことも保証してくれているらしい。

志保の夫から見たら、願ってもない話だったのだろう。両親は健在だが、二人とも高齢であるため、近くに住んであげたいというのが、一人息子である夫の希望だった。そして、志保自身、福祉制度の充実したスウェーデンで、ストレスのない専業主婦として生涯を過ごすことを望んでいたのだ。

「研究には未練があるけど、それは別に日本の大学に所属していなくたってできることでしょ。やっぱり私のように心臓に問題を抱えている人間にとって、どこの大学であっても専任教員として勤めるのは厳しいの。授業、研究、学内行政を全部こなすなんて、できっこない」

志保の言うことはよく分かった。私だって、愛する志保のためにできるだけストレスの掛からない生活環境を保証してあげたいと思っているのだ。しかし、今このときに、それを実行されることが私にとって致命傷になることを志保は分かっているのだろうか。

志保がいなくなれば私の学科内での孤立は、一層際立ったものになるだろう。私は天宮とその一派によって、徹底的に追い詰められ、野ざらしのされこうべに等しいものになるに違いない。私は一人で彼らと戦えるほど強い人間ではない。

だから、もう少しだけ待って欲しいのだ。あと二、三年だけでいい。その間に、私は別の大学の人事に応募して、大学を移ることができるかも知れない。

しかし、志保は私の願いを聞き入れてはくれなかった。

「大丈夫よ。由香の考え過ぎよ。天宮先生だって、そんなむちゃくちゃするはずがないでしょ」

志保の判で押したような返事に私は苛立ち始めた。それに、私だって、まだ本音は隠しているのだ。所詮、学科内の問題なんて、ちっぽけな問題だった。天宮のこともどうでもいい。

そもそも、私は志保がいなければ生きていけないのだ。私は鉢植えのポットのなかで、志保という水を求めて喘いでいる枯れ花に過ぎない。

私は志保が好きだった。意味もなく、しかし、どうしようもなく。

小説も、志保がいなければ書くことができない。私が新人賞を取れたのも、志保のおかげだった。これは謙遜でも何でもなく、私の本当の気持ちだった。

だからこそ、私は志保に本音をぶつけて、錯乱（さくらん）したのだ。

「志保、私を見捨てるつもりでしょ！　結局、そういうことなんでしょ」

私は声を荒らげ、応接セットで対座していた志保に、絶望的な眼差しを投げた。私のしつこさにうんざりしたように、志保の顔からもさすがに笑顔は消えていた。

「見捨てるだなんて！　分かってよ。私、来年の時間割で大学に迷惑を掛けたくないから、学科主任の天宮先生に辞職の意思を伝えたし、それはもう学部長にも伝わっているのよ。来月の教授会で補充人事の案件が出るはずなの。今更、辞めるのやめましたなんて言えると思う？　それに由香、私は、別に永遠に消えちゃうわけじゃない。メールで連絡だって取り合えるし、私だって日本に兄弟や両親が住んでいるんだから、日本に必ず戻ってくる。そのとき会えるじゃない。だから、そんなに泣かないで」

実際、私は気づかないうちに泣きじゃくっていたのだ。だが、私は泣いていることも意識できないほど興奮していた。そして、さらに悪いことに、志保の言葉は、あの英語の歌詞とメロディーを思い起こさせたのだ。

One day I will be back in town, don't you cry!
（いつの日にか、きっと町に戻ってくる　だから、どうか泣かないで！）

嘘だ。嘘に決まっている。現実的に言っても、飛行機に乗ることは心臓病を抱える人間にはとても危険なことだから、志保はそういう機会をできるだけ避けようとするに違いない。

やはり、志保が私を見捨てようとしているのは、明らかに思えた。私は所詮、そんな存在なのだ。日本人でもアメリカ人でもない、白人でも黒人でもない、研究者でも小説家でもない、永遠に帰属する場所を失った根無し草（デラシネ）。結局、誰もが私から離れていくのだ。

そう考えると、あのとき高倉と一緒にいた志保が、あの歌を私に聞かせた意図が分かるような気がした。

「やっぱり、あの替え歌もそういう意味だったのね。あなたが私のそばを離れたいということを伝えたかったのね。私はあなたと一緒に踊りたいのに――」

私の言葉の途中で、志保の顔が歪（ゆが）み、一気に顔色が蒼白になった。志保が私の言ったことを理解しているのか、私には分からなかった。

「由香ごめん、気分が悪いの。もう話すのやめて。御願い、そこのバッグの中にあるニトロ取って」

志保の言うことはすぐに分かった。志保は、常に「ニトロペン」という舌下錠の薬を携行していたのだ。

私は暗く濁った目で、窓際のデスクに置かれた薄紫の小型バッグを見つめた。全身に、抑えることができない痙攣のような悪意が漲ったように思えた。この女は、見栄も外聞もかなぐり捨てた親友の哀願にも耳を貸そうとしない。私の愛を踏みにじって。であれば、応分の復讐をしてやらなければならない。

「ニトロより、私がいなくなることが、あなたにとって何よりの薬ね」

私は不意に立ち上がり、吐き捨てるように言った。なるべく、志保のほうを見ないようにしていた。それでも、網膜の片隅を志保の姿が掠めた。

志保は、その日、膝上程度の白いワンピースを着ていた。しかし、そのとき私の目に映じた志保の姿は、あまりにも無残だった。よほど苦しいのか、ほとんど天井を見つめているかのように上半身を反らせ、股をだらしなく開いて喘いでいたのだ。ワンピースが捲れ上がり、膝から太股にかけての白い皮膚が妙に艶めかしい光沢を放っていた。

「由香、御願い――」

もう一度、志保のつぶやくような声を聞いたと思った。だが、私は心を鬼にして、部屋の外に飛び出した。


「それから、私は呆然とした状態で、いったん自分の部屋に戻り、荷物を持って九時頃、大学から離れました。でも、そのあとどうしたのかはまったく覚えていません。たぶん、そこら中をほっつき歩いていたんだと思います。夜中に自宅マンションに帰ったとき、ようやく正気を取り戻し、志保の携帯に電話しました。しかし、何度掛けても繋がりませんでした。翌朝の午前九時過ぎになって、不意に届いた大学事務からのメールで、志保が急死したことを知らされたとき、目の前が真っ暗になり、私は床上に崩れ落ち、しばらく起き上がることができませんでした」

私は涙に霞んだ目で、比較的大きな店内を見回した。私たちが入ってから二時間近く経っていたが、相変わらず客は数えるほどしかいない。私たちから一番近い位置にいる若いカップルでさえ、十メートル近く離れていたので、私たちの会話が聞こえているようには見えなかった。

「高倉先生、御願いがあるんです。志保を殺したのは私です。先生にはきっと警察関係のお知り合いがいらっしゃると思いますので、その人に連絡して、警察が私を逮捕するように頼んでいただけないでしょうか？」

私は本気だった。自首すればいいことだったが、それでは私の罪が軽くなってしまう恐れがある。私は自首することなく、警察に逮捕されて、最大限の刑罰を受けたかった。

「警察関係者の知り合いですか？」

高倉は、妙にのんびりした口調で言った。

「いないことはないが、私がいくら頼んでも、あなたを殺人罪で逮捕するのは、無理でしょうね」

「何故ですか？」

私は激しい口調で迫った。

「どう考えても、あなたの行為は殺人罪に該当しないからです」

「じゃあ、殺人罪でなくてもいいです。私の行為を罰する他の法律はあるはずでしょ」

「そうですね。強いて言えば、遺棄罪でしょうが、これもどうかな。あなたが水野先生の部屋を去ったとき、確実に彼女の死を予想できていたというなら別ですが、気分が悪そうだったから、遠慮してお暇したという理屈も十分に通用しますからね」

「いいえ、私は彼女の死を予想していました。むしろ、死んで欲しいと思っていたくらいなんです。だいいち、私は彼女に頼まれたのに、彼女のバッグからニトロを取り出して、渡すこともしなかったんですよ」

「しかしね、あなたがそうしなくても、彼女がそれを自力でできた可能性もあるわけでしょ。実は、これはある筋から聞いた警察情報ですが、彼女の舌の裏側には、ニトロペンの舌下錠の残留物が残っていたそうですよ。だから、結局、彼女はニトロを飲むことができたわけです。それでも、どうしようもない症状だったということではないでしょうか」

まったく、ああ言えばこう言うという感じだった。志保がニトロを飲めたしても、その事実が私の罪をいささかも軽くするものではないのだ。ただ、私は言葉の接ぎ穂を失って、黙りこくった。

「ところで、一つ分からないことを訊いていいですか？」

しばらくして、高倉が話題を変えるように言った。

「あの例の替え歌の件ですが、あなたの解釈ではあの替え歌は、水野先生があなたから離れたがっていることを暗示的に伝えたものだということですが、水野先生の研究室で三人でユーチューブの動画を見たときから、あなたは水野先生があの動画にメッセージを託したとお考えになっていたのでしょうか？」

「ええ、そう思いました。彼女も、あの歌の意味は分かっていたはずですから」

「それはおかしい！」

高倉は、考え込むような口調で言った。

「どうしてですか？」

「だって、彼女は私と同様あの歌詞をまったく聞き取っていなかったのです。替え歌になっていることさえ気づいていませんでした。あのとき、私は彼女からある心理学関係のアカデミックな質問を受けていて、その説明をするために彼女の研究室に伺ったのですが、その話が終わって雑談をしていたとき、ふと前から気になっていたあの動画の歌詞を彼女に教えてもらおうという気になったんです。彼女はご自分のパソコンでユーチューブを開いて、一生懸命聞いてくれたのですが、まったく分からないからお手上げだと正直に仰いました。そのとき、こんなのが分かるのは日本人の英語教師では、鏑木先生くらいしかいないと仰っていたのですが、そこへタイミングよくあなたが入ってきたものだから、私たちは思わず、微笑んだわけです。それはともかく、あの場でいきなり動画を見せられ、その英語を聞き取ることができなかった水野先生が、あの動画に託してあなたにメッセージを送るなんて、あり得ないと思うのですが」

私は少なからぬショックを受けていた。そうだとしたら、それは私の妄想だったというのか。

「私の被害妄想だと仰りたいんでしょうね」

私は力なく言った。憑きものが落ちたように、すべてのことが客観的に見え始めた。

「いいえ、必ずしもそうではありません。どんな無関係なことでも自分と結びつける妄想を、精神医学の領域では関係妄想と呼ぶことがありますが、今度の場合はそれとは少し違い、言語的なトラウマの問題のような気がしています。実は、これはあなたにあの歌詞を起こしてもらったものをメールで送っていただいたあとで、水野先生から聞いたことですが、バイリンガルの人間は、自分の特殊な言語能力を本当の意味で理解していないことが多いというのです。私のような門外漢はともかく、大学の英語の先生なら、あの程度の英語は軽く聞き取ると思っているというのです。しかし、水野先生に言わせれば、日本語環境で子供時代を過ごした者は、いくら後年、英語の研鑽を積んだとしても、ああいう生きた世俗の英語を聞き取るのは困難だそうです。これはどうやら本当のようで、別に水野先生の言うことを疑ったわけではありませんが、私の大学時代の友人で、現在、他大学で英米文学の教授をしている何人かに聞いてもらいましたが、誰も聞き取れませんでした。従って、あなたはやはり英語のネイティブスピーカーと同じで、ああいう英語を自然に聞き取ってしまうため、他人が聞き取れないことを理解できないんです」

「そうだったんですか。私は普段ご主人と英語で話している志保なら、あんな歌詞十分に聞き取っていると思っていました。でも、そうだとしても、私の罪が許されるはずもありません。私のような犯罪者を罰する法律が本当にないのだとすれば、――」

「ちょっと待ってください。鏑木先生、よく聞いてください」

高倉は再び興奮しかかった私を制するように言ってから、一呼吸置いた。

「刑法というものは、すべての不道徳な行為を網羅したものではありません。不道徳な行為の中で、可罰性という網を通ったものだけを選び出しているんです。従って、当然、悪い行為ではあるが罰する必要のないもの、あるいは罰することができないものが存在します。それらの行為をどう罰するかは、他人の考えることではありません。それはその行為者自身の心の問題なのです」

「自分で自分を罰するしかないということでしょうか？」

私は溜息を吐くように言った。実際、死の覚悟が醸成されつつあった。

「そうだ。お渡しする物があることを忘れていた」

高倉は私の問いには直接応えようとせず、不意に言った。それから、黒い鞄の中からデパートの包装袋に入った品物を取り出した。

「水野先生が亡くなった日に私が先生の研究室を訪ねたのは、水野先生が必要とする心理学関係の本をお貸しする目的だったのですが、帰りがけにこれをあなたに渡すように頼まれたんです。その日ではなく、一週間後、つまり今日渡して欲しいと頼まれました。何故自分で渡さないのか、不思議に思ったのですが、今から考えると、あなたと彼女は彼女の退職を巡って気まずい雰囲気になっていたので、自分では少し渡しにくいと感じていたのでしょうか？　何故一週間後の今日渡すように頼んだのかは、私は中身を見ていないので、まったく分かりません」

私が包装袋を開けると、デパートの熨斗紙に「お祝い」と書いた文房具らしい箱が出てきた。それ以外に封書が添えられていた。封書の中に入っていた便箋を取り出す。志保が書いた直筆の手紙だった。

由香へ
お誕生日おめでとう。あなたの好きなクロスのボールペンです。ささやかな物ですが、どうか受け取ってください。
由香のために何もできなくて、ごめんなさい。来年、あなたとお別れしなくてはならないことは、私も本当につらい。でも、私の心臓は、もうパンク状態なんです。この先、どれだけ長く生きられるかは分かりませんが、もうそれほどの月日が残されてはいないと感じています。ですから、どうか私の我が儘(まま)を許してください。ご健筆をお祈りします。

水野志保

その日が私の誕生日だということさえ忘れていた。だが、志保は覚えていてくれたのだ。

胸の奥を衝き上げるような慟哭（どうこく）の感情が全身に広がった。私はテーブルの上に顔を付けて泣き伏した。高倉は何も言わず、私が泣くに任せた。

嗚咽（おえつ）が収まり、顔を上げる。高倉が私の顔を覗き込むようにしていた。

「死にたいです。早く志保のそばに行って、謝りたい」

私は哀願するように言った。

「それで水野先生が本当に喜ぶと思っているんですか？」

高倉の口調は、厳しかった。

「あなたの罪がどの程度のものか、私には分からない。それは所詮、他人（たにん）に分かることではないのです。でも、もしあなたに罪があるとすれば、その償いはあなたが生きることでしか果たせない気がしています。私もかつて私の判断ミスで、凶悪犯に私のゼミ生を殺されてしまったことがあります。しかし、私はマスコミの大バッシングの中でも、私が死ぬことが責任を取ることだとは思いませんでした。他人（ひと）に何と言われても、死ぬことのほうがむしろ責任放棄だと感じていたのです。亡くなった私の学生もあの世でそう思ってくれていると、私は信じています。私の言うことが信じられないなら、今日、志保さんに訊いてみてください。きっと私と同じことを言うと思いますよ」

「今日、志保に訊く？」

「ご存じないのですか。今日は、水野先生の御通夜なんですよ」

そう言えば、その日の高倉は、黒っぽい上下に同じような黒系のネクタイを締めていた。ここ一週間、茫然自失の体だった私は日にちの感覚さえ失い、志保の通夜や葬式の日程など、頭から完全に消えていた。

「でも、私、こんな格好だから」

私は言いながら、テラコッタのスラックスとマリンブルーの半袖Tシャツに視線を落とした。

「構うものですか。あなたは水野先生の親友なんですよ。水野先生がそんなことを気にするはずがない」

それもそうだと思った。結局、志保は私が何をしても許してくれたことだろう。それなのに、私は彼女のたった一度の我が儘も許さなかったのだ。

確かにこのまま死んでしまうのは、あまりにも虫がよすぎると思った。自分を罰するために、私は当面生き続けるしかないのかも知れない。

「高倉先生、今日の志保の御通夜に一緒に行っていただけますか？」

私は涙も枯れ果てた乾いた声で訊いた。

「もちろんですよ」

高倉が微笑みながら応えた。その背後に、志保が微笑む顔が、陽炎（かげろう）のように浮かんだように思えた。

# 解説

福井健太（書評家）

訴求力のあるこの作家らしさはクリエイターの武器になり得る。独自のテイストを持つ推理作家がじわじわと支持を広げ、きっかけを得てブレイクすることは珍しくない。近年の前川裕はまさにその好例だろう。

　前川裕は一九五一年東京都生まれ。一橋大学法学部卒。東京大学大学院（比較文学比較文化専門課程）修了。スタンフォード大学客員教授などを経て、法政大学国際文化学部教授に就任。専門は比較文学とアメリカ文学。八九年にドミニク・ラカプラ『歴史と批評』を邦訳し、九〇年代には英会話や英文読解の参考書も手掛けた。大学に勤めながら投稿を重ね、二〇〇三年に『怨恨殺人（グラッジキリング）』で第七回日本ミステリー文学大賞新人賞の最終候補。〇五年に『人生の不運』を自費出版した後、一一年に『クリーピー』（応募時タイトルは『CREEPY』）で第十五回日本ミステリー文学大賞新人賞を受け、一二年に同作でデビューを遂げた。

デビュー作『クリーピー』はこんな物語だ。犯罪心理学を専攻する東洛大学文学部教授の「私」こと高倉孝一は、隣人の西野に〝女子中学生が中年男に襲われた〟と聞かされる。高倉は警視庁捜査一課の警部である旧友・野上に逢い、八年前の一家三人行方不明事件で残された娘・本多早紀の証言について相談を受けた。野上は高倉の近所の人々を訝っているらしい。高倉の妻・康子が西野の不審な行動を目撃し、高倉の教え子・影山燐子がストーキング被害を訴え、野上が音信不通になるといった異変を経て、事態は本格的に動き出す。高倉家の正面にある二人暮らしの田中家から出火し、頭を撃たれた三人の死体が発見されたのだ。怪しい人物や出来事を盛り込み、オーソドックスな展開を避けることで、著者は何も信用できない世界を作り上げた。ホラーめいた恐怖を演出し、秘められた犯罪を暴くサイコサスペンスの秀作である。

同作は一六年に『クリーピー　偽りの隣人』（監督＝黒沢清／主演＝西島秀俊）のタイトルで映画化された。その公開に先駆けて刊行されたのが、文庫書き下ろし長篇『クリーピー　スクリーチ』である。琉北大学文学部の事務課主任「僕」こと島本龍也は、心理学教授・尾関のハラスメントを訴える三年生・御園百合菜のゼミ移籍を手伝うことにした。ほどなく御園が女子トイレで刺殺され、さらに第二、第三の殺人が相次ぐ。犯人は獣のような金切り声（スクリーチ）を発したという。琉北大学に赴任して三か月の高倉は「過去に関係した事件は忘れて、学究的な生活を送る決意をしていた」が、否応なく捜査に協力させられる。視点と雰囲気は変わったものの、何も信用できないの精神は本作にも窺える。プロットに工夫を凝らした野心作だ。

前作の記述によると、東洛大学を辞めた高倉は三年間の浪人を経て「福岡にある女子大の文学部特任教授」に就き、週末だけ東京へ戻る生活を続けていた。初登場時に四十六歳だった高倉は、本作では少なくとも六十歳前後のはずである。

本書『クリーピー　クリミナルズ』は、一六年から一八年に書かれた五篇を収めた〈クリーピー〉シリーズの連作集。一話ごとに語り手を変え、心の闇を抱えた人々と高倉の対話が描かれている。デビュー前の習作「人生の不運」「人生相談」を併せた『深く、濃い闇の中に沈んでいる』を別にすれば、著者の初めての短篇集だ。

巻頭の「洋上の告白　EXCESSIVE」（『宝石ザミステリーRed』／一六年八月／初出時は「Excessive 洋上の告白」）は、会話劇を軸にした静かなサスペンスだ。カリフォルニアで寿司屋を営む「私」は、カリブ海クルーズの船上でS大学客員研究員・高倉に出逢い、バーで自身の罪を告白する。過去から現在に繋がるドラマを紡ぎ、意外な結末を仕込んだスマートな好篇である。

これをプロトタイプとして、一七年には〈犯罪心理学教授・高倉の事件ファイル〉シリーズが電子季刊誌『ジャーロ』で始まった。「言わなくても分かっている Tacit Understanding」（『ジャーロ』No.60／一七年六月）は、先輩への嫌悪、凶悪犯への怒り、容姿コンプレックスなどを抱えた大学事務職員・柚菜の心が救われる話。「ローウエル・リーの憂鬱 STALK」（『ジャーロ』No.61／一七年九月）では、標的を追って高倉ゼミに入ったストーカーの武藤義之が策を弄し、徐々にその素性を晒していく。

高倉が非常勤講師だった頃のエピソード「悪意の陥穽 Revenge」（『ジャーロ』No.62／一七年一二月）では、ピアニストの吉川真が高校時代の同級生・真城康子に交際を断られ、捻れた手段で康子に復讐しようとする。大学の人形劇クラブで東京大学演劇部の高倉と知り合い、後に出版社に勤めた康子の来歴が明かされるのも面白い。「あなたと一緒に踊りたいの！ I Could Be a Party Girl.」（『ジャーロ』No.63／一八年三月）は、怪文書トラブルに巻き込まれた帰国子女の専任講師・由香が親友の准教授・水野志保との関係に悩む話。苦さの中に希望を見るラストシーンは本書の掉尾に相応しいものだ。

拠り所のない不安を煽る『クリーピー』とは異なり、信頼できる人物・高倉と信頼できない語り手がシリーズの型を成している。胡乱な独白で語られるストーリーは、高倉のカウンセラー的な対応で（基本的に）前向きの結末を迎える。心理学者探偵が心の綾をほどく神経症スリラーと捉えるのが妥当だろう。

事件の年代は発表順と一致しないが、新宿の東洛大学、博多の女子大学（名称不明）、日野市の琉北大学を転々とした高倉のキャリアから、各篇のおおよその時間軸は推測できる。大学内のハラスメントや怪文書、ストーカーの歪んだ性癖など、前川作品らしい要素が頻出するのも興味深い。ユニークな探偵像を案出したファン必読の一冊である。

短篇シリーズは現在も続いており、最新作「倒錯者 Sexual Pervert」（『ジャーロ』No.64／一八年六月）は「あの高倉教授が、勤務する大学の近くに『高倉犯罪相談所』を開いたという週刊誌の記事を読んだ。何でも生の事件に触れるためのフィールドワークだという」「平たく言えば、探偵事務所だろうが、気に入った事件しか引き受けないらしい」という文章で幕を開ける。東洛大学の卒業生・夏目鈴を助手に雇い、火曜日と金曜日だけ『新宿中央公園』近くにある五階建てビル三階の一室」で依頼を受けることで、高倉の探偵ぶりは堂に入った感がある。これも遠からず単行本に纏められるはずだ。

最後に近況を記しておこう。一八年八月に始まったテレビドラマ『イアリー　見えない顔』（監督＝森淳一／主演＝オダギリジョー／WOWOW「連続ドラマW」全六話）は、一六年刊の長篇を映像化したものだ。妻を失った大学教授・広川誠司の周囲で、怪しげな女の訪問、総長選挙に怪文書、ゴミ集積所の遺棄死体などの異変が続き、広川にも悪意が向けられる——という不穏なプロットは、デビュー作を彷彿させるこの作家らしいものだ。前川読者がさらに増えることを期待したい。

【前川裕　小説著作リスト】

『人生の不運』文芸社（〇五）↓『深く、濃い闇の中に沈んでいる』文芸社文庫（一六）

『クリーピー』光文社（一二）↓光文社文庫（一四）

『アトロシティー』光文社（一三）↓光文社文庫（一五）

『酷　ハーシュ』新潮社（一四）

『アパリション』光文社（一四）↓光文社文庫（一六）

『死屍累々（ししるいるい）の夜』光文社（一五）↓光文社文庫（一七）

『イン・ザ・ダーク』新潮社（一五）

「歪顔（ビザール・フェイス）」Kindle Single（一五）

『クリーピー　スクリーチ』光文社文庫（一六）

『イアリー　見えない顔』角川書店（一六）↓角川文庫（一八）

『アンタッチャブル　不可触領域』新潮社（一七）

『クリーピー　クリミナルズ』光文社文庫（一八）　※本書

初出

洋上の告白　「宝石 ザ ミステリー Red」（二〇一六年八月）
言わなくても分かっている　「ジャーロ No.60」（二〇一七年六月）
ローウェル・リーの憂鬱　「ジャーロ No.61」（二〇一七年九月）
悪意の陥穽　「ジャーロ No.62」（二〇一七年十二月）
あなたと一緒に踊りたいの！　「ジャーロ No.63」（二〇一八年三月）

レイアウト／坂野公一＋吉田友美（welle design）

光文社文庫

文庫オリジナル

クリーピー　クリミナルズ

著者　前川（まえかわ）　裕（ゆたか）

2018年8月20日　初版1刷発行

発行者　鈴木広和
印刷　豊国印刷
製本　ナショナル製本

発行所　株式会社　光文社
〒112-8011　東京都文京区音羽1-16-6
電話（03）5395-8149　編集部
8116　書籍販売部
8125　業務部



ISBN978-4-334-77698-5　Printed in Japan



組版　萩原印刷